U0581795

诗话雅书

六一诗话

我国最早的诗话作品

唯美插画版

[宋]欧阳修　著
路英　注评

长江出版传媒
崇文书局

图书在版编目（CIP）数据

六一诗话 /（宋）欧阳修著；路英注评． －－ 武汉 ：
崇文书局，2018.2（2021.8重印）
（诗话雅书）
ISBN 978-7-5403-4726-0

Ⅰ．①六… Ⅱ．①欧… ②路… Ⅲ．①诗话－中国－
宋代 Ⅳ．① I207.22

中国版本图书馆CIP数据核字（2017）第198084号

六一诗话

责任编辑　程　欣

出版发行　长江出版传媒｜崇文书局
地　　址　武汉市雄楚大街268号C座11层
电　　话　（027）87293001　邮政编码　430070
印　　刷　湖北画中画印刷有限公司
开　　本　880mm×1120mm　　1/32
印　　张　4.75　　　　插　　页　5
字　　数　100千
版　　次　2018年2月第1版
印　　次　2021年8月第3次印刷
定　　价　29.80元

（如发现印装质量问题，影响阅读，请与承印厂调换）

本作品之出版权（含电子版权）、发行权、改编权、翻译权等著作权
以及本作品装帧设计的著作权均受我国著作权法及有关国际版权公约保护。
任何非经我社许可的仿制、改编、转载、印刷、销售、传播之行为，我社
将追究其法律责任。

前　言

　　《六一诗话》，又称《六一居士诗话》《欧公诗话》《欧阳永叔诗话》《欧阳文忠公诗话》等，是北宋著名文学家欧阳修所著。《六一诗话》是我国第一部以"诗话"命名的诗歌理论著作，开启了宋代诗话的先河，在我国诗歌批评史上具有重要的历史地位。

　　欧阳修（1007—1072），字永叔，号醉翁，晚年又号六一居士，吉州永丰（今江西吉安）人。"六一"乃欧阳修自称："吾《集古录》一千卷，藏书一万卷，有琴一张，有棋一局，而常置酒一壶，吾老于其间，是为六一。"欧阳修出身于一个小官吏的家庭，四岁丧父，生活贫困，母亲郑氏带着欧阳修到湖北随州投奔欧阳修的叔叔。母郑氏亲自教他读书做人，以荻代笔，在沙上写字。十岁时，欧阳修读《昌黎先生文集》，即手不释卷。天圣八年（1030），欧阳修不负众望，进士及第。次年洛阳留守推官，结识了梅尧臣等人，与他们切磋诗文，结下了友谊。仁宗庆历三年（1043），他参加庆历新政，提出了不少改革吏治、军事、贡举法等主张。后新政失败，欧阳修被贬为滁州太守，后又去扬州等多地任职。至和元年（1054），在京参与编修工作，与宋祁同修《新唐书》，又编撰《新五代史》。在文坛上，欧阳修倡导诗文革新，继承并发展了韩愈的古文理论，并且在创作上有着成功的实践，他的诗、文、词都有很高成就，从而开创了一代文风。后人将其与韩愈、柳宗元、苏洵、苏轼、苏辙、王安石、曾巩并称为"唐宋八大家"。

《六一诗话》的产生，欧阳修在第一节就已经指明，"退居汝阴，而集以资闲谈也"。晚年的欧阳修，长居颍州。当时社会清平，而颍州又是个风景优美、物产丰富的地方，吸引了许多文人聚集在一起吟诗唱和，探讨诗歌。这种闲适的生活，良好的氛围，可以说是《六一诗话》产生的主要动因。此外，欧阳修与北宋前期独占鳌头的"西昆体"诗人过从甚密，早期认真学习过西昆体诗歌，而且西昆诗人好论事这一点，对欧阳修也颇有影响。西昆体诗人和他们的诗作，构成了《六一诗话》的重要内容，二十几则里面，就有五则是专门谈论西昆诗人的。而这些评论，也不是一味地批评，而是主张客观公允地去看待西昆体诗人的作品。

《六一诗话》共二十九则，其中第一则为小序。它是一种笔记体的短札，以闲谈的方式，漫话诗坛轶事、品评诗作，也谈论诗歌创作理论，信手拈来，没有严密的结构、缜密的思维。通常用一种分则记事的方式，一则一事，前后并无逻辑联系。中间又有一些轻松活泼的逸闻趣事，生动有趣。品评诗作又往往一语中的，发人深思，趣味性和理论性相得益彰，足见欧阳修的文学理论功底。

《六一诗话》主要评论唐朝和欧阳修同时代的诗人。这些条目，虽然篇幅不长，彼此之间看起来也没有逻辑关联，但正如他所擅长的"形散而神聚"的散文，从这些零星的言论中，仍然能够看出欧阳修的诗学观念。欧阳修在《梅圣俞诗集序》中提出了著名的诗"穷者而后工"的论点，认为诗人越是政治理想无法实现且不断遭遇挫折，越是能写出情感真挚的好诗。在《六一诗话》中虽然没有明言，但他对孟郊、贾岛"以诗穷至死"的关注，正是他关于诗人生活遭遇对诗歌创作的影响理论的实例。欧阳修在第十二条中还借助梅尧臣之口，提出"意新语工"的论点。所谓的"意新语工"，不仅是立意新颖，还要能"状难写之景如在目前，含不尽之意见于言外"，要含蓄隽永。而这里的"语工"，也不是语言上简单的排列组合，而是经锤炼之后不涉浅俗，却又不留痕迹，如"身轻一鸟过"就是这一类之例。除此之外，欧阳修既是诗文革新的领袖，又是建树颇高的史学家，他还把这种重实录信史实的史家精神引入到诗歌评论中来。他非常重视作者引用事实的准确性，如第一条就针对"奠玉五回朝上帝，御楼三度纳降王"，对"五朝上帝"做了辨析，根据历史事实给出了令人信服的证据。又如他对"作麽生""何似生"之"生"字意义的解释，而对于"末厥"字义不详，"第记之，必有知者耳"，这是一种存疑待解的精神。这种随笔形式谈诗，又采用无所不谈的样式，在轻松的笔调中，蕴藏着严肃的理论，风格随意而又灵活，开创了后世诗话的先河。

《六一诗话》在后世影响巨大，流传版本众多，主要有《欧阳文忠公集》本、《百川》本、《说郛》本、

《历代诗话》本等。本书《六一诗话》，以中华书局1981年何文焕《历代诗话》本为底本，参考中华书局2001年《欧阳修全集》点校本，部分标点稍有改动。

《六一诗话》问世后，司马光著《续诗话》以续之。其卷首《小引》称："《诗话》尚有遗者，欧阳公文章名声虽不可及，然记事一也，故敢续书之。"明确指出《续诗话》之成书是受《六一诗话》的启发。其撰述宗旨在记载诗坛的旧闻轶事，以续补欧阳修《六一诗话》的遗缺。根据何文焕《历代诗话》，统计出《续诗话》除一条短序外，正文共三十一条，其论诗的见地，基本与《六一诗话》相近。重在记事，也常摘引佳篇美句，略作评述。《六一诗话》《续诗话》而后，成书于熙宁、元祐间的刘攽《中山诗话》最早，且也是在二者直接影响下形成的。郭绍虞《宋诗话考》云："贡父以博洽滑稽著称，故是书所载多涉考证，又颇杂以诙谐，涉及理论者较少。盖是书之成，亦在熙宁、元祐间。今传诗话，除《六一》《温公》而外，当以此为最古，固宜其未脱诗话中记事闲谈之习矣。"《中山诗话》在内容上与二者较为接近，亦多论苏轼、梅尧臣、贾岛、孟郊等人，对于诗病、诗境、诗法等诗论也有相似之处，但理论色彩较二者更为浓厚。欧阳修《六一诗话》作为诗话类文献的开山之作，开创了宋代笔记漫谈式的诗歌评论体裁。而《六一诗话》在理论上的建树，诸如力矫晚唐以来浮华奢丽的诗风，倡导平易自然诗风，提倡"意新语工""诗穷而后工"等一系列关于诗歌构思、语言锤炼等方面的主张，对北宋诗坛亦产生了广泛而深刻的影响。

目　录

2

一

居士退居汝阴①，而集以资②闲谈也。

注释

① 居士：欧阳修自称。这里是"序"，说明写作诗话的目的。汝阴：古县名。秦代所置，治所在今安徽阜阳。

② 以资：以供。资，供给。

译文

居士我晚年退休，居住在汝阴，编集这本诗话，是为了供闲谈之资。

品读

古代中国，是一个诗的国度。春秋时期已产生第一部诗歌总集——《诗经》，开创了"诗言志"的现实主义传统。到战国时代，长江流域的楚文化又孕育出地方色彩浓郁的《楚辞》，开创了"香草美人"的浪漫主义传统。此后，中国诗歌主要沿着这两条相辅相成的道路向前发展。由汉乐府、文人五言诗、建安风骨、正始之音、齐梁体，到初唐四杰，最终至"兴象玲珑"的盛唐诗而到达顶峰。伴随着古典诗歌的蓬勃发展，特别是唐诗高峰的崛起，诗话在北宋欧阳修的时代应运而生。

　　事实上，在欧阳修之前，已经有不少专门谈论诗歌的作品。《诗经》在汉代走向经典化，当时的"鲁诗""齐诗""韩诗"三家诗是西汉《诗经》学的官学，民间又有"毛诗"，一起构成了四家诗。梁朝钟嵘著有《诗品》，将作者区别高下，并评论其作品优劣，是我国最早的诗歌评论专著，也是后世"诗话"的滥觞。至唐代，诗歌评论也相对繁荣。杜甫《戏为六绝句》，以诗论诗。又有皎然《诗式》，重在讲诗歌法式。而托名司空图的《二十四诗品》，主要探讨诗歌美学风格。

　　在这无数的创造性实践中，诗歌理论按照自身的规律性，不断发展演进。至北宋欧阳修，始以"诗话"为名。《六一诗话》成书于熙宁四年（1071），约创作于欧阳修致仕退居颍州汝阴以后至次年逝世前。欧阳修文集中《试笔》与《笔说》二文，有数则见于《诗话》；而其笔记《归田录》，晚年进呈给神宗时曾加以删定，宋人引《归田录》，颇有不见于今本《归田录》而见于《诗话》的，因此，《六一诗话》应该是多方整理旧稿而成。欧阳修的《诗话》，在前人基础上，向前开拓，朝着"论诗及事"的方向发展，兼言诗作、诗人及有关故事，而又以论事为主，旨在"以资闲谈"。《诗话》共二十九则，各则之间排列并没有严密的逻辑关系，是以散文随笔的漫谈形式展开，诗坛风气、逸闻趣事、诗歌规律等，信手拈来，举重若轻。《六一诗话》是最早以"诗话"为书名的著作，开创了一种新的诗歌批评的体裁门类，进一步深化了"感悟性"的诗歌批评方式，北宋时期大部分诗话作品，一般都沿着《六一诗话》所开创的路线，以闲谈记事为主。

可以说，欧阳修所谓的"以资闲谈"，绝非闲谈那么简单，而是蕴含着《六一诗话》的创作旨归的。正如同张择端《清明上河图》所展示的北宋汴河沿岸风光和繁华景象，宋代作为中国封建社会史上一个畸形发展的朝代，政治无所作为，但城市商品经济却取得了高度发展。市民阶层的壮大，随之而来的娱乐需求，最终催生了一系列适应市民审美的文化形态的俗文学的勃兴，其中最流行的是"说话"艺术，其底本叫做话本。事实上，北宋早期出现的"诗话"如《大唐三藏取经诗话》就是话本的一种类别。欧阳修以"诗话"为名，一定程度上，也是受到这种俗文学迅猛发展的社会风气的影响。富足的经济实力，带来宋代文人优越的社会地位和舒适的生活条件。欧阳修父亲早逝，少年时代与母亲过着寄人篱下的生活，自二十四岁开始作官以后，经济状况得到了根本上的改变，尽管宦海浮沉，但辞官后仍然有着优厚的待遇，能够保证其诗酒逍遥，悠游天地的生活，这些都是"以资闲谈"的基础。颍州位于颍水和淮河之间，风光旖旎。晚年的欧阳修，历经仕途坎坷，命运多舛，在颍州任上，买田造屋，植树种莲，读书饮酒、抚琴弈棋，在闲适中消解人生苦难。《六一诗话》的产生，是其晚年的精神寄托。

二

李文正公进《永昌陵挽歌词》云①：
"奠玉五回朝上帝，御楼三度纳降王。"②当
时群臣皆进，而公诗最为首出③。所谓三降
王者，广南刘鋹、西蜀孟昶及江南李后主
是也。④若五朝上帝则误矣。太祖建隆尽四
年⑤，明年初郊⑥，改元乾德。至六年再
郊，改元开宝。开宝五年又郊，而不改元。
九年已平江南，四月大雩，告谢于西京⑦。
盖执玉祀天者，实四也。李公当时人，必
不缪，乃传者误云五耳。

注释

①李文正：李昉（925—996），字明远，深州饶阳（今
河北饶阳）人。后汉乾祐元年（948）进士，官至右拾遗、集
贤殿修撰，谥文正。著文集五十卷，已佚。曾参与编修《旧
五代史》，并监修《太平御览》《太平广记》和《文苑英华》。
永昌陵，宋太祖赵匡胤（927—976）墓，在河南巩义宋陵
陵区。

②"奠玉五回朝上帝"二句：全诗为："丹青史笔敢虚
张，功德巍然轶汉唐。奠玉五回朝上帝，御楼三度纳降王。"
奠玉，古时以玉祭天。祭毕，焚之而升烟，称"燔玉"。

③ 首出：杰出。

④ "所谓三降王"二句：刘鋹（chǎng，943—980）：五代时南汉末代君主，南汉建立者刘龑之孙。孟昶（chǎng，919—965）：后蜀末代皇帝。初名仁赞，字保元，高祖孟知祥第三子。李后主：即李煜（937—978），五代十国时南唐国君，字重光，初名从嘉，号钟隐、莲峰居士。南唐元宗李璟第六子，世称南唐后主、李后主。

⑤ 建隆：宋太祖赵匡胤首个年号，公元 960 年至公元 963 年，共四年。

⑥ 郊：祭天地。古代祀礼，在郊外祭天或祭地，称为"郊祭"。《诗经·周颂·昊天有成命序》："昊天有成命，郊祀天地也。"帝王登基或改年号等重大事件，即行郊祭。

⑦ "四月大雩"二句：雩（yú），古代为求雨而举行的一种祭祀。

译文

李文正公进献《永昌陵挽歌》说："奠玉五回朝上帝，御楼三度纳降王。"当时群臣都有献诗，而文正公的这首诗最杰出。所谓三降王，指的是广南刘鋹、西蜀孟昶以及江南后主李煜。如果说向着上帝拜五回，就错了。太祖建隆总共四年时间，下一年祀天，改元乾德。过了六年又祭天地，改元开宝。到了开宝五年，又祭祀，但没有改元。开宝九年，江南已经平定，四月躬行为求雨而举行的大雩之礼，入西京洛阳谢恩。因此，执玉向天祭祀，实际上只有四次。李公是当时人，必然不会出错，应该是传言者误传为五次。

品读

公元 907 年，唐哀帝李柷被迫禅位，中国历史上最强盛的诗国唐朝覆灭了。从此，历时 289 年的封建大一统王朝覆灭，中国步入了五代十国时期，分裂割据再一次成为时代主题。

公元 927 年，赵匡胤出生于河南洛阳夹马营，相传他生下来就体带异香，三日不绝，这或许就已经预示了他不平凡的人生。二十一岁那年，赵匡胤离家出去闯荡，一无所成，直到后汉乾祐三年（950），在枢密使郭威的手下任职，他的人生悄然发生了改变。后周广顺元年（951），郭威发动兵变，灭后汉建后周。郭威称帝，任命赵匡胤为禁军东西班行首，负责宫廷禁卫。到周世宗柴荣的时代，赵匡胤凭借与后周的高平之战一举成名，又凭借着收入南唐的江北十五州，权势日益壮大。后周显德七年（960）正月，赵匡胤发动"陈桥兵变"，黄袍加身，改国号为"宋"，改元建隆，定都汴京（今河南开封），称宋太祖。称帝时，太祖年仅三十三岁，但在政治风雨中俨然已经成长为成熟的政治家，为巩固政权，恩威并施，杯酒释兵权。

然而五代十国分裂割据的局面，并没有随着宋的建立而立即结束，北有契丹，西有党项，中间还有北汉，江淮以南，则有南唐、吴越、后蜀、南汉、南平、楚、闽等政权。为了实现统一，太祖于建隆三年（962）制定了"先南后北"的统一方针。而那所谓的三降王，就在这场统一风暴中，弃权亡国，走向了宋太祖在汴京为他们准备的舍第中。

后蜀孟昶，是第一个走进这"御楼"的。孟昶初名仁赞，字保元，是高祖孟知祥的第三子，即位时年仅十六。亲政后，他励精图治，发展经济，后蜀一度繁荣鼎盛。然而，就此以后，却耽于享乐，荒疏朝政。花蕊夫人曾经咏叹道："月头支给买花钱，满殿宫人近数千。遇着唱名多不语，含羞走过御床前。"足见其醉生梦死之态。而在北方，赵宋王朝早已对物产富饶的后蜀虎视眈眈，这正好给了他们出师的良机。广正二十七年（964），宋军攻入蜀境，接连破关夺城。次年，宋军包围成都，见大势已去，后主孟昶奉表投降。宋太祖赦免其罪，在汴京为孟昶及其宗族建造府第，赐冠带，封秦国公。七天后，后主孟昶暴卒。

二纳降王，是南汉后主刘鋹。刘鋹原名刘继兴，中宗刘晟长子。庸懦无能，不会治国。宋灭蜀后，宋太祖命南唐后主李煜遣使致函南汉后主，劝其归附宋朝，免致力讨伐，遭到拒绝。开宝三年（970），宋朝派兵出征南汉，势如破竹，连克贺州、昭州、桂州、连州、韶州。次年正月，宋军又占领英州、雄州，统率重兵的潘崇彻降宋，宋军长驱南下，攻下广州。后主刘鋹见大势已去，带着满载金银及嫔妃的船只，逃亡未果。开宝四年（971），南汉后主出降。刘鋹及其眷属北上汴京，被封彭城郡公，宋太宗即帝位，又改封其为卫国公。

最后一个走进宋太祖御楼的，是被誉为千古词帝的南唐后主李煜。李煜是南唐中主李璟的第六子，生有异象，"丰额骈齿，一目重瞳子"——历史上其他号称"重瞳"的只有仓颉、虞舜、姬重耳、项羽、高洋。他又是五代十国不可多得的才子，工诗词、通音律、善绘画、精书法、懂鉴藏，堪称全才。江南地区经济发达，文化繁荣，南唐是十国中版图最大的王朝，即使在乱世中仍然能够"比年丰稔，兵食有余"。但偏安思想，加上兵力悬殊，后周时，南唐已经臣服，北宋建立后南唐继续纳贡称臣，奉北宋为正朔。南汉覆灭以后，李后主害怕宋军攻打南唐，加倍进贡，并主动削去国号，改称江南国主。但这在渴望南北统一的宋太祖心里，仍是一块心病，"卧榻之侧，岂容他人酣睡"。为此，宋太祖进行了周密的计划，用离间计除掉了智勇双全的南唐大将林仁肇，又利用南唐落第进士樊若水的长江测绘图，"浮桥渡江""围城打援"。于开宝七年（974），以数次遣使召见李后主被拒为名出师，围攻金陵。粮尽援绝，次年十一月二十七日，李煜将平生收藏，付之一炬，肉袒出降，南唐灭亡。如同后蜀和南汉的降王，李煜也随宋军北上汴京，住进了圈禁宅第，被迫接受"违命侯"的封号。亡国成就了李煜词学的造诣，他将自己的一腔才情、满腹悲痛，都寄诸笔端，冲破了"花间派"的藩篱，开拓了词的境界，如王国维所评价："词至李后主而眼界始大，感慨遂深，遂变伶工之词为士大夫之词。"尤以《虞美人》将自然永恒和人生无常的悲哀表现得淋漓尽致：

> 春花秋月何时了，往事知多少？小楼昨夜又东风，故国不堪回首月明中！
> 雕栏玉砌应犹在，只是朱颜改。问君能有几多愁？恰似一江春水向东流。

而这首词也带着李煜走向了死亡。李煜在七夕生日那天，召乐妓在小楼弹唱作乐，最终被赐牵机药。至此，宋太祖完成了南方的统一，北宋的实力得到了极大扩充。

"天下大势，分久必合，合久必分。"五代十国时期，分裂割据，狼烟四起，黎民百姓生活在水深火热之中，面对未知的明天宛如惊弓之鸟。时势造英雄，赵匡胤就是时代选出来的这个英雄，最终用一个新的王朝，基本结束了混乱的局面。

宋太祖一生风云跌宕，上马打天下，下马定乾坤，在古代封建社会，自然少不了那些沟通人神的祭祀活动。汉武帝时期，即结合古代礼制，制定了封禅郊天的礼制。宋代祭祀天神的仪式主要是奠玉，是一种烟祀，即将木柴堆在祭坛上，当君王举行祭祀仪式后，将礼神玉器焚烧，烟雾冉冉上升，君王的意志便达于天，与神交流。帝王祭祀，关乎国运。宋太祖一生，四番奠玉，两次改元，一次祀天但并未改元，另外的一次，则是灭了南唐之后，平定江南，向祖宗天神告谢。可见，灭南唐一战，确实是宋太祖一生最得意的战役。

三

仁宗①朝，有数达官以诗知名，常慕"白乐天体"②，故其语多得于容易。尝有一联云："有禄③肥妻子，无恩及吏民。"有戏之者云："昨日通衢④遇一辎軿车⑤，载极重，而羸牛⑥甚苦，岂非足下'肥妻子'乎?"闻者传以为笑。

注释

① 仁宗：即宋仁宗赵祯（1010—1063），宋第四代皇帝，1022—1063 年在位。

② 白乐天体：中唐诗人白居易的诗歌体制风格。白居易（772—846），字乐天，号香山居士。下邽（今陕西渭南）人，祖籍山西太原，生于河南新郑。贞元十六年（800）举进士，历任秘书省校书郎、翰林学士、左拾遗。元和十年（815）因事贬江州司马。后以刑部尚书致仕。卒谥文，世称白傅、白文公。文学上，积极倡导新乐府运动，写下了不少感叹时事、鞭挞权贵、反映人民疾苦的诗篇，对后世颇有影响。

③ 禄（lù）：古代官吏的俸给。

④ 通衢（qú）：四通八达的大道。

⑤ 辎軿（zī píng）车：辎车、軿车的并称，后引申为帷车的通称。辎车，古代有帷盖的车。

⑥ 羸（léi）牛：瘦弱的牛。

译文

仁宗朝，有几个官职显达的人，以诗知名于当世。他们追求效法浅近的"白乐天体"，语言通俗平易，好像得来容易。曾经有一联是："有禄肥妻子，无恩及吏民。"有人嘲弄他说："昨天在宽敞的大街上遇到一辆帷车，载着很重的东西，而瘦弱的牛，拉起车来非常痛苦，这难道不就是您所谓的'肥妻子'吗？"听到的人传为笑谈。

品读

白居易，字乐天，号香山居士，又号醉吟先生。诗歌由兴象玲珑的盛唐走向平易自然的中唐，就进入了白居易主导的天下。

唐代宗大历七年（772）正月，白居易出生在河南新郑的一个"世敦儒业"的中小官僚家庭。然而生逢乱世，藩镇割据，民不聊生，这或许为他的诗歌风格奠定了现实主义的基调。白居易自幼敏悟过人，七岁能展书，九岁谙音律。贞元十六年（800）进士及第，授秘书省校书郎，后因面谏皇上，得罪权贵，被贬为江州司马。正是在贬谪之地的浔阳江上，作成了脍炙人口的《琵琶行》。

白居易怀抱着中国传统士大夫的理想追求，"穷则独善其身，达则兼济天下"是他行事处世的准则，而诗文正是他实现自己抱负的"战场"。元和元年（806），为应制举，白居易与元稹撰《策林》，其中就表现出重写实、尚通俗、强调讽喻的倾向："今褒贬之文无核实，则劝惩之道缺矣；美刺之诗不稽政，则补察之义废矣。……俾辞赋合烔戒讽谕者，虽质虽野，采而奖之。"在《与元九书》中，白居易更加明确、系统地表述了自己的诗歌主张："故仆志在兼济，行在独善。奉而始终之则为道，言而发明之则为诗。谓之讽喻诗，兼济之志也；谓之闲适诗，独善之义也。"

在实践上，白居易继承《诗经》和汉魏乐府的现实主义精神，和元稹一起，进行乐府革新，以自拟新题写作乐府诗，反映现实，抨击时弊，发扬诗歌的美刺作用。他在《新乐府序》中，提出作诗标准："其辞质而径，欲见之者易谕也；其言直而切，欲闻之者深诫也；其事核而实，使采之者传信也；其体顺而肆，可以播于乐章歌曲也。"即诗歌语言须质朴通俗，议论须直白显露，写事须绝假纯真，形式须流利畅达，具有歌谣色彩。这一理论是对儒家传统诗论的直接继承，具有突出的现实针对性和通俗化倾向。《秦中吟》《新乐府》等讽喻诗就是在这一理论的指导下创作的，或揭露横征暴敛，或反对穷兵黩武，或为苦难命运鸣不平。

白居易的思想，综合了儒、释、道三家。在他的思想体系中，"兼济"之志，以儒家仁政为基础，也包括黄老之说，管萧之术和申韩之法；而其"独善"之心，则吸取了老庄的知足、齐物、逍遥观念和佛教的"解脱"思想。二者大致以被贬江州司马为界。贬官江州以后，对于当时社会黑暗，白居易深感无能为力，司马青衫，唯有独善其身。这一时期，他写下了大量的感伤诗和闲适诗，如《长恨歌》《琵琶行》，精于构思，描写细腻，具有很强的艺术感染力，都是家喻户晓的名作。元稹在《白氏长庆集序》中曾经描绘过白诗流传概况："二十年间，禁省、观寺、邮候墙壁之上无不书，王公妾妇、牛童马走之口无不道。至于缮写模勒，衒卖于市井，或持之以交酒茗者，处处皆是。其甚者至于盗窃名姓，苟求自售，杂乱间厕，无可奈何……自篇章以来，未有如是流传之广者。"足见其诗之浅近易懂。

"白乐天体"本来指的是白居易诗歌既重写实、尚通俗，又精构思、善抒怀的整体风格，在当时和后世都产生了巨大的影响。后世在提到"白乐天体""白体""元和体"的时候，却往往更偏重一端。一种指政治上对荣利的恬淡。宋代人对白居易急流勇退、以饮酒赋诗为乐的心态很是钦慕，甚至出现了苏州九老会、吴兴六老会、司马光洛阳真率会等"慕白乐天'九老会'"的组织。另一种指思想上深信佛老，乐天安命。后人效白乐天体，有很多仿白居易晚年在险恶的政治环境中所作的闲适诗。如宋程俱《自宽吟戏效白乐天体》："吾生忧患馀，年忽及耆指。偏痹未全安，抱病更五祀。进为心已灰，弃置甘如荠。坐狂合投闲，佚老宜知止。向令身安健，不过如是耳。"一种指白居易与元稹、刘禹锡等的唱和诗，还有一种指白诗恬淡、平易、浅切的风格。宋人学白诗，认为明白显畅、不事藻饰是白诗特征，粗率流易亦是其特征。《六一诗话》中"仁宗朝，有数达官以诗知名，常慕'白乐天体'，故其语多得于容易"即言此。欧阳修此处批判后人学白诗，多有误读，不求意旨，忽略琢磨，专效浅近，得于容易，却近于鄙俚，这与白乐天体诗歌看似审美取向一致，实则有本质区别，白居易的平易流畅，并非是不加选择的。

"有禄肥妻子，无恩及吏民。"他们效仿白乐天体，在语言浅近平易的同时，也有尝试向白居易的讽喻诗靠近的痕迹。大致是作者虽然身居高位，享受俸禄的供养，却也有心怀天下的一面，能够在富贵繁华之外，看到黎民僚属的不易。一个"肥"字，尤其俚俗，所以才有人戏言"赢牛载重"为"肥妻子"。可见后人学白诗，往往着眼于他的诗歌通俗易懂的特性上，却往往忽视了白诗在反映现实的深度上，具有不可忽视的价值。

去年元夜时，花市灯如昼。

月上柳梢头，人约黄昏后。

今年元夜时，月与灯依旧。

不见去年人，泪湿春衫袖。

欧阳修（宋） 生查子·元夕

四

京师辇毂之下①，风物繁富，而士大夫牵于事役②，良辰美景，罕获宴游之乐。其诗至有"卖花担上看桃李，拍酒楼头听管弦"之句。西京应天禅院有祖宗神御殿③，盖在水北，去河南府十余里。岁时朝拜官吏，常苦晨兴④，而留守达官简贵⑤，每朝罢，公酒三行⑥，不交一言而退。故其诗曰："正梦寐中行十里，不言语处吃三杯。"其语虽浅近，皆两京之实事也。

注释

① 京师：帝王的都城；辇毂（gǔ）之下：辇，人力推挽之车。毂，车轮中心的圆木，中孔插轴，周围接车辐；代指车轮。旧常以"辇毂"代称帝王，以"辇毂之下"代称京师。此处说的是，京师是帝王行动之地。

② 事役：官务。

③ 应天禅院：应天禅院又称应天启运宫，是西京城一处规模宏大、供奉北宋历代皇帝御容的寺院。神御殿：古代安放先朝帝王御容、牌位而岁时祭祀的处所。

④ 晨兴：天不亮就起来。

⑤ 简贵：简，怠慢。贵，高贵傲慢。此处指留守禅院神御殿的高官简慢高傲。

⑥ 公酒三行（xíng）：公酒，行公事之酒，古为自酿。

译文

京师是帝王行动之地，风光景物繁复，而士大夫忙于政务，此种良辰美景，也极少得到宴游之乐，以至于有人诗中写道"卖花担上看桃李，拍酒楼头听管弦"的句子。西京洛阳应天禅院有供奉先祖的神御殿，在洛水北岸，离河南府十多里。特定季节来朝拜的官吏，常常苦于天不亮就要起床，而那些留守的高官简慢高傲，每次朝拜完毕，饮三次公事之酒，彼此不交流一句话就离开。因此，有诗说："正梦寐中行十里，不言语处吃三杯。"语言虽然浅近，却都是开封、洛阳两京的实事。

品读

这里欧阳修探讨的是诗歌与生活的关系问题。古代诗歌经历了盛唐的巅峰，已经完全成熟。入宋以后，仍然循着传统诗歌的发展规律缓步向前，而究其根本，无非是前代诗论已经指明的两条路："诗言志"和"诗缘情"。而且要如同汉乐府那般，有"感于哀乐，缘事而发"的真情流露，才是循着诗歌发展规律的正轨。宋代严羽《沧浪诗话》是中国古代文学批评史上的一部重要著作。他在探讨诗歌原理的时候，就说："诗者，吟咏情性也。"而他最标举的就是盛唐诸公，"唐人好诗，多是征戍、迁谪、行旅、离别之作，往往能感动激发人意"。盛唐是诗歌的黄金时代，它代表的是中国古代诗歌最精华的部分。盛唐诸公禀受山川英灵之气而天赋极高，作诗笔参造化，"神来、气来、情来"，达到了声律风骨兼备的完美状态。千百年后的今天，我们在诵读唐诗的时候，仍然能够被感动震撼，正是因为他们的诗纵情任性，能够感发人意。"缘事""缘情"，落脚点最终都会归入"真"的这一方面，即不管辞藻如何，形式如何，最核心的部分，仍然是内容。而这个内容，是需要阅历和真情实感支撑的，否则就空洞无力，更不要谈感动人心了。如"谁言寸草心，报得三春晖""海内存知己，天涯若比邻""感时花溅泪，恨别鸟惊心""无边落木萧萧下，不尽长江滚滚来""人世几回伤往事，山形依旧枕寒流""抽刀断水水更流，举杯消愁愁更愁""天生我材必有用，千金散尽还复来""飞流直下三千尺，疑是银河落九天""出师未捷身先死，长使英雄泪沾襟"等脍炙人口的千古名句，自有一种让人感动的魅力。如中唐被誉为"诗鬼"的李贺，为作诗"呕心"，27岁就英年早逝。他的写作方式虽然是一种焦思式，但也并非闭门造车，而是白日骑驴觅句，暮则探囊整理，焚膏继晷，有感而发。留下了"黑云压城城欲摧""雄鸡一声天下白""天若有情天亦老"等千古佳句。晚唐专事苦吟一派的诗人贾岛亦是如此，"虽行坐寝食，苦吟不辍"。贾岛曾经骑驴打伞，见到秋风劲吹，黄叶满地，忽然灵感一现，吟出了"落叶满长安"的诗句，情急中想不出对句，忘记回避而冲撞了京兆尹刘栖楚的轿子和仪仗队，被抓起来关了一个晚上才放了。可见，作诗未必需要字字实景，但只有那些真实体验，触动内心，有感而发的诗句，才能永垂不朽。这才是诗的本质。

　　京城在天子脚下，物产富饶，但是居于其中的士大夫，却忙于事役，如此良辰美景，却不能得空去欣赏，更不用提宴游之乐了。大好的韶光，就日复一日，消弭在案头边。唯有当卖花姑娘从门口经过时，匆匆一瞥她担子中的水灵灵的桃李，才恍然发现春光已尽。走过街头，酒楼中飘来丝竹管弦的歌乐，不禁感叹，这惬意的时光，何时才能再享？这是一个人的感叹，又何尝不是千万牵于事役而辜负大好春光的文人骚客的感叹啊！而在洛水北岸的应天禅院，神御殿中供奉着帝王先祖。路途遥远，前来朝拜的官吏，往往天不亮就要起床赶路。朝拜完毕之后，与那些留守的高官饮公事之酒，达官们简慢高傲，彼此之间竟然没有一句话，喝完就又匆匆离开。如此惊扰清梦，又沿途劳顿，官吏们苦不堪言。这两句诗的言语都非常浅近平易，写的都是开封、洛阳两京的实事，读来让人心生感慨，作者的无奈之情溢于言表。

五

　　梅圣俞尝于范希文席上赋《河豚鱼诗》
云①："春洲生荻芽，春岸飞杨花。河豚当
是时，贵不数鱼虾。"②河豚常出于春暮，群
游水上，食絮而肥。南人多与荻芽为羹，
云最美。故知诗者谓只破题两句③，已道尽
河豚好处。圣俞平生苦于吟咏，以闲远古
淡为意，故其构思极艰。此诗作于樽俎之
间④，笔力雄赡⑤，顷刻而成，遂为绝唱。

注释

　　① 梅圣俞：梅尧臣（1002—1060），字圣俞，宣州宣城
（今安徽宣城）人。宣城古称宛陵，世称"宛陵先生"。诗坛
有盛名，宋诗革新开山祖。诗主平淡，多反映现实生活和民
生疾苦，以矫宋初空洞靡丽之风。范希文：范仲淹（989—
1052），字希文，吴县（今属江苏）人，北宋政治家、文学
家。工诗文，晚年所作《岳阳楼记》至今脍炙人口。有《范
文正公集》传世。

　　②《河豚鱼诗》：即《范饶州坐中客语食河豚鱼》。河豚
是河鲀的俗称，自古以来中国食用的河豚皆生息于河中，因
捕获出水时发出类似猪叫的唧唧声而得名河豚，古时称"肺
鱼"。另有多种别称，江浙一带叫"气泡鱼""吹肚鱼""河豚
鱼""气鼓鱼"，广东叫"乖鱼""鸡抱"，广西叫"龟鱼"，福

建叫"街鱼"（用闽南话读），河北叫"蜡头""艇鲅鱼"等。河豚上市始自元宵前，味道极为鲜美，但血液和内脏有毒，与鲥鱼、刀鱼并称为"长江三鲜"。

③ 破题：唐宋诗赋及明清八股文的起首，用一两句话剖析题义，称为"破题"。泛指诗文开头。欧阳修所引梅圣俞这两句造语平淡无华，又用鱼虾的不可贵来对比衬托，更加突出了河豚鱼的美味无比，故说"已道尽河豚好处"。

④ 樽俎（zǔ）：指代酒席。樽，酒杯。俎，砧板。

⑤ 雄赡：雄健充实。

译文

梅圣俞曾经在范希文宴席上赋《河豚鱼诗》："春洲生荻芽，春岸飞杨花。河豚当是时，贵不数鱼虾。"河豚常出现在暮春，一群群在水上游，吃柳絮而长得肥美。南方人多将河豚与荻芽一起做羹，认为这是最美的味道。因此，懂诗的人说，只是破题两句，已经道尽了河豚的好处。圣俞一生苦苦吟咏，追求闲远古淡的风格，所以构思极为艰难。这首诗作于宴席之间，笔力雄健有力，片刻写成，是一首佳作。

品读

宛陵先生梅尧臣，屡试不第，人到中年才被赐进士出身，官至尚书都官员外郎。仕途上虽不得意，但他一生致力于写诗作文，是北宋之初诗坛上大力倡导诗歌革新，并以自己创作的实践而影响了宋代的著名诗人。

梅尧臣初学诗，受北宋初期声势最盛的西昆体影响，后来拥护欧阳修的诗文革新运动，转而反思西昆流弊，追求诗歌的新气象。他主张诗歌"因事有所激，因物兴以通"。即诗要写实，要有寄兴，要肩负"刺"与"美"的使命。因此，他的不少诗都直接与时政相关。他的开拓精神更体现在他的诗歌题材开始走向从六朝到晚唐诗人们都不屑一顾的日常生活琐事中。

范饶州坐中客语食河豚鱼

春洲生荻芽，春岸飞杨花。

河豚当是时，贵不数鱼虾。

其状已可怪，其毒亦莫加。

忿腹若封豕，怒目犹吴蛙。

庖煎苟失所，入喉为镆铘。

若此丧躯体，何须资齿牙？

持问南方人，党护复矜夸。

皆言美无度，谁谓死如麻！

我语不能屈，自思空咄嗟。

退之来潮阳，始惮餐笼蛇。

子厚居柳州，而甘食虾蟆。

二物虽可憎，性命无舛差。

斯味曾不比，中藏祸无涯。

甚美恶亦称，此言诚可嘉。

　　这首诗正是其中饶有兴味之作。与此对应，梅诗在风格上追求"平淡"，认为"作诗无古今，唯造平淡难"。欧阳修在《梅圣俞墓志铭》中说："其初喜为清丽、闲肆、平淡，久则涵演深远，间亦琢刻以出怪巧，然气完力余，益老以劲。"可见，梅诗所追求的平淡，不是一种表面上的平淡，而是一种炉火纯青的艺术境界，一种超越了雕润绮丽的老成风格。元人龚啸称梅诗："去浮靡之习，超然于昆体极弊之际；存古淡之道，卓然于诸大家未起之先。"梅尧臣虽然仕途不畅，但在诗歌方面的开拓，使得他声誉极高。《宋史》载钱惟演与之酬唱，成为忘年交，欧阳修则称其诗"自以为不及"。

《河豚鱼诗》缘于在范仲淹的饭局一位来自江南的客人绘声绘色地讲起河豚如何美味，引起范仲淹的极大兴趣，梅尧臣作诗劝阻。河豚于美食家，大概正如俄国象征派诗人康·巴尔蒙特《苦闷之舟》中所描述的那样："欢乐中一定蕴含着悲伤，好比花丛中隐藏着毒蛇。"一方面是美味的诱惑，一方面是致命的威胁。但是宋代人仍然对吃河豚趋之若鹜，甚至有"拼死吃河豚"的谚语，足见河豚的鲜美对味蕾的刺激。河豚本是生活在暖温带和热带近海底层的鱼种，每年三至五月间，成群结队地由外海洄游至江河口的咸淡水区域产卵。《渔洋诗话》载"河豚食蒿芦则肥"，此外，河豚还喜欢吃入水即为浮萍的杨花柳絮。宋代安徽宣城、江苏丹阳一带，当地人吃河豚，佐以蒌蒿、荻笋、菘菜，鲜嫩无比。因此欧阳修称梅诗破题二句："春洲生荻芽，春岸飞杨花。河豚当是时，贵不数鱼虾。"已经道尽河豚好处。万物复苏的春日，江心洲头荻笋已经破芽而出，岸边杨花轻舞柳絮飞，入水成浮萍，溯游而上的河豚轻啄慢咬，这时节，是食客们尝鲜的良机。这两句语言虽然浅近，但却点出了河豚肥美的原因：吃柔嫩鲜美的植物长大。梅诗接着就写河豚的怪貌、毒性，"忿腹若封豕，怒目犹吴蛙"，河豚遇到危险时，会迅速将水或空气吸入极具弹性的胃中，短时间内胃会膨胀成数倍大，皮肤上的小刺也会竖起来，以此威吓御敌。并且以韩愈被贬潮州后，开始吃蛇，柳宗元被贬柳州，喜欢吃虾蟆为例，说明这二者虽然丑陋，但是无性命危险，以此来反衬冒着生命危险吃河豚不值得。

梅尧臣的这首《河豚鱼诗》，为宋诗开辟了更加贴近日常生活的题材走向。这首诗作于宴席之上，一气呵成，文思贯通，语浅意深，风格正是炉火纯青式的古朴平淡，淡雅有力，因此被欧阳修称为"绝唱"。

六

苏子瞻①学士，蜀人也。尝于渚井监②得西南夷人所卖蛮布弓衣③，其文织成梅圣俞《春雪诗》。此诗在《圣俞集》中未为绝唱④，盖其名重天下，一篇一咏，传落夷狄，而异域之人贵重之如此耳。子瞻以余尤知圣俞者，得之，因以见遗⑤。余家旧蓄琴一张，乃宝历三年雷会所斫⑥，距今二百五十年矣。其声清越如击金石，遂以此布更为琴囊，二物真余家之宝玩也。

注释

① 苏子瞻：苏轼（1037—1101），字子瞻，又字和仲，号东坡居士。眉州眉山（今属四川）人。苏洵第五子，欧阳修门生。学识渊博，文章纵横恣肆，与父洵、弟辙合称"三苏"，为"唐宋八大家"之一。其诗题材广阔，清新豪健，与黄庭坚并称"苏黄"。词开豪放一派，与辛弃疾并称"苏辛"。工书画，有《东坡七集》《东坡书传》等。

② 渚（yù）井监：渚井是一处盐井，在今四川长宁双河场，乃在少数民族腹地，本由"夷人"开采，宋王朝将盐井收归官有，因有渚井监。

③ 弓衣：装弓的布袋。

④《圣俞集》：梅尧臣在世时曾有写本《梅圣俞诗稿》，

后其妻兄之子谢景初又辑其诗文为十卷。梅尧臣逝世后，欧阳修在谢本基础上补充选定为十五卷。

⑤ 见遗：见赠。遗，赠送。

⑥ 雷会：唐代制琴名家；斫（zhuó）：砍削，此处意为制作。

译文

翰林学士苏轼，是蜀人。曾经在凊井监那里得到了一个装弓的布袋，布袋是西南少数民族所织，上面的纹饰织成了梅圣俞的《春雪诗》。这首诗在《圣俞集》中不是最好的作品，大概是圣俞名重天下，即使是一篇文章一首诗，传入到夷狄，竟然被异域之人如此看重。子瞻认为我是最懂圣俞的人，因此，得到之后，将它赠予我。我家里以前藏了一张古琴，是宝历三年雷会所制，距今有二百五十年了。琴音清越，犹如敲击金石，于是将这块布改作了琴囊。这两件东西真是我家的宝贝。

品读

春雪

腊前望盈尺，奸缩不应乞。万物及向荣，而反事凝溧。
与雨暗争能，不念伤彼苗。虽然便消释，终是乖气律。
新阳岂惮沮，暴柳未为屈。随风势更巧，著树媚且密。
谁将背时弃，乃欲逞果必。摧花自作花，旋积旋已失。
上天施命令，冬春不相匹。生物与死物，其道安可壹。
呜呼此飞雪，何为在今日。

这首《春雪》同样符合梅尧臣"因事有所激，

因物兴以通"的原则。腊月之际，天寒地冻，飞雪盈尺，不能求缩。及至万象更新，一片欣欣向荣之际，却反而凝结寒冷，暗暗地与春雨争能，毫不顾念此时正是植物复苏萌生的时节。春雪虽然很快会消融，滋润着脚下的沃土，但毕竟它是乖违自然变化规律的。春日的暖阳，并不会因此而惧怕空气的寒湿，风中的劲柳也不曾屈服。反而借着这春雪之风，各种树木在凛冽中更显娇媚，又酝酿着，茂密着。如果有谁想要违背自然规律，终究要自食恶果。摧残花木，反而促成了花木的蜕变成长，一边积蓄，一边已经失去。而这一切，都是上天的命令，寒冬与暖春，是不相匹配的，生气蓬勃与万籁俱寂，又怎么能够同日而语呢？这飞雪，何必要在今日降临。

整首诗，其实是春日见飞雪摧残新生，有感而发，又由春雪"摧花自作花"，引申到违背自然规律必然自食其果，抒发了一种应不悖规律的感慨。整首诗因见春日飞雪而起兴，诗中有实有虚，有表面有升华——由春雪伤害萌生的万物，转而到春阳劲柳不惧摧残，继而生发到不能违背自然规律上，进一步演绎为天命不可违，生死不同道，最后又回到春雪——层次分明，步步推进，又首尾呼应。一气呵成，颇有气势，读来让人有思考余地。所以欧阳修称其虽不如《河豚鱼诗》那般状物细微，称为"绝唱"，但也是梅诗中不可多得的佳作。

如此好诗，传入异域，自然也能获得珍视，被当地人织入布匹，做成了"弓衣"，以此来显示自己的品位。如今又传回，这种时空旅行，还真是奇妙，也显得更为珍贵。只有将它与同等珍贵的物品放在一起，才能相得益彰。琴，在古代是古琴的特指，又称古琴、瑶琴、七弦琴，是距今三千年历史的中国传统乐器。琴与文人的生活密切相关，春秋战国时期，即有千古传诵的伯牙子期《高山流水》的故事。而到了宋代，自宋太宗起，自帝王至朝野，都十分好琴，无不以能琴为荣，是历代好琴的顶峰。齐桓公的"号钟"、楚庄王的"绕梁"、司马相如的"绿绮"和蔡邕的"焦尾"，即是历经了岁月的洗礼，仍然能够奏出天籁的上上之品，号称古代四大名琴。而发展到唐代，造型变得浑圆，唐琴无论是音质还是形制，都可称顶级至宝，是历代琴人梦寐以求的神品。唐代斫琴名家，以雷、郭、张、沈四家最有名，而排首位的雷氏，出于四川，有"蜀中九雷"：雷绍、雷震、雷霄、雷威、雷文、雷俨、雷珏、雷会、雷迅。现藏故宫博物院的传世唐琴"九霄环佩""大圣遗音"即雷氏所斫。欧阳修所蓄唐琴，即为雷会所斫，虽越二百五十余年，仍然有金石清越之声。

七

吴僧赞宁①，国初为僧录②。颇读儒书，博览强记，亦自能撰述，而辞辩纵横③，人莫能屈④。时有安鸿渐者⑤，文词隽敏，尤好嘲咏。尝街行遇赞宁与数僧相随，鸿渐指而嘲曰："郑都官不爱之徒⑥，时时作队。"赞宁应声答曰："秦始皇未坑之辈⑦，往往成群。"时皆善其捷对⑧。鸿渐所道，乃郑谷诗云"爱僧不爱紫衣僧"也⑨。

注释

① 赞宁（919—1001）：俗姓高，吴兴德清（今属浙江）人。精研三藏，兼通儒老百家。博学多识，辩说纵横，精通音律，时人誉为"律虎"。纂《大宋高僧传》，著《内典集》《筝谱》。

② 僧录：唐宋朝代掌理僧尼名籍、僧官补任等事宜的僧职。

③ 辞辩纵横：口才出众，善于辩论。

④ 屈：驳倒，使之屈服。

⑤ 安鸿渐：洛阳人，宋初有名的才子。元盛如梓《庶斋老学丛谈》："李庆孙有文名。时谓：'洛阳才子安鸿渐，天下文章李庆孙。'"

⑥ 郑都官：郑谷（约851—910），字守愚，袁州（今属江西）人。光启三年（887）进士，官至都官郎中，因而后人称其为"郑都官"。以《鹧鸪诗》出名，所以也有"郑鹧鸪"之称。诗不僻不野，清婉晓畅。绝句风神绵邈，犹有盛唐余韵。有《云台编》与《外集》。

⑦ 秦始皇未坑之辈：指儒生。秦始皇曾焚书坑儒。

⑧ 捷对：应对敏捷。

⑨ 爱僧不爱紫衣僧：郑谷《寄献狄右丞》："逐胜偷闲向杜陵，爱僧不爱紫衣僧。身为醉客思吟客，官自中丞拜右丞。残月露垂朝阙盖，落花风动宿斋灯。孤单小谏渔舟在，心恋清潭去未能。"紫衣，朝廷赐予高僧大德之紫色袈裟或法衣。

译文

吴兴僧人赞宁，国初时期为掌管僧尼名籍的僧录。颇读了些儒家经典书籍，博闻强记，自己也能够写作，口才出众，善于辩论，没有人能驳倒他。当时有一个叫安鸿渐的才子，文章俊秀敏快，尤其喜欢写一些嘲讽之作。曾经在街上遇到赞宁和几个僧人一起走，安鸿渐指着他们嘲笑道："郑都官不爱之徒，时时作队。"赞宁应声回答道："秦始皇未坑之辈，往往成群。"当时的人都认为他善于敏捷作对。安鸿渐所说的，是郑谷的一句诗"爱僧不爱紫衣僧"。

品读

僧录，是管理僧尼属籍的僧官。其职起源于后秦，据《高僧传》卷六载，秦主命道䂮为僧正，僧迁为悦众，法钦、慧斌掌僧录。至唐代重置，设立左右街僧录，掌全国寺院、僧籍以及僧官补授等。日本圆仁《入唐求法巡礼行记》卷一载："僧录统领天下诸寺，整理佛法。"至辽、金、元三代，僧录在唐宋时期确立的中央最高僧官地位下降而为地方僧职，至明初正式废除。

郑谷诗云："逐胜偷闲向杜陵，爱僧不爱紫衣僧。"缘何爱僧，却又不爱紫衣僧？紫衣，是朝廷赐予高僧大德之紫色袈裟或法衣。袈裟是僧院将布施所得的衣料染成坏色而成。依佛制，袈裟有三衣，即安陀会（五条衣）、郁多罗僧（七条衣）、僧伽梨（九条大衣）。颜色方面，一般以青、泥（皂、黑）、茜（木兰色）三色为袈裟之法色。紫色为"五间色"（绯、红、紫、绿、硫黄）之一，并非佛法所规定的坏色，是被禁止的。

然而在儒家文化中，颜色是有着等级之分的，《尚书》载青、赤、白、黑、黄五色为正色，自古以来，高官着红、紫色朝服，以朱、紫、绿、皂、黄绶绦区别官位高低；在唐朝，三品以上官员着紫服。将紫色用之于袈裟并赐予有功德的僧人，始自武则天。皇帝赐紫衣，意味着荣誉，身着紫衣，对僧人来说，既是一种荣耀，也是身份和地位的象征。《资治通鉴》载："常僧皆衣缁，惟赐紫者乃得衣紫。"因此便出现了一种奇特的景象，正是刘禹锡所云"满城谁不重，见著紫衣初"，贯休之"花落紫衣香"。晚唐诗僧齐己就充满艳羡地写道："莫向孤峰道息机，有人偷眼羡吾师。满身光化年前宠，几轴开平岁里诗。"可见，这种荣耀在出家人心里，也荡起了不小的涟漪。自唐末五代，禅僧已经由山林陋居，逐渐向城市、都邑、大中寺院分流。如今又有紫衣的诱惑，四大皆空的僧徒们也开始积极奔走权门，广交士大夫，以期获得引荐。《大宋僧史略》载后梁太祖"乾化元年十一月……潭州僧法思、桂州僧归真，面乞赐紫"，真可谓厚颜无耻。本来应该六根清净的僧人，逐渐脱离本色，追名逐利，渴望获取终南捷径，俨然已经是披着袈裟的大俗人。紫衣僧之流弊已然若此，文人士大夫对此嗤之以鼻，也是情理之中。《北梦琐言》载，"其有服紫袈裟者，乃疏之"，可见士大夫对于紫衣僧的反感和厌恶，已经发展成为一种条件反射式的疏离和排斥。不得不承认，被赐紫衣的僧人中，确有许多德高望重之人，但泛滥的紫衣，趋炎附势、鱼目混珠之徒大量混迹其中，使得整个僧人群体形象崩塌，以至于让人见之即不分青红皂白而避之不及。

赞宁正是紫衣僧，安鸿渐是儒生。安鸿渐援引郑谷"爱僧不爱紫衣僧"之句，当街辱骂赞宁，可见成见之深。而赞宁却并不是凡辈，博学多识，辞辩纵横，面对安鸿渐的讥讽丝毫不变色，反唇相讥，字字工整。"郑都官不爱之徒，时时作队。""秦始皇未坑之辈，往往成群。"两联无论是从字面还是意思上，都属工对，而其深层次的意义，都是封建统治者为加强中央集权的结果：赐紫衣，实质上是通过国家干预来实现以政管教的目的；而焚书坑儒，则是秦朝建立专制主义政治体系的需要。

八

郑谷诗名盛于唐末，号《云台编》①，而世俗但称其官为"郑都官诗"。其诗极有意思，亦多佳句，但其格不甚高。以其易晓，人家多以教小儿，余为儿时犹诵之，今其集不行于世矣。梅圣俞晚年，官亦至都官②，一日会饮余家，刘原父戏之曰③："圣俞官必止于此。"坐客皆惊。原父曰："昔有郑都官，今有梅都官也。"圣俞颇不乐。未几，圣俞病卒。余为序其诗为《宛陵集》，而今人但谓之"梅都官诗"。一言之谑，后遂果然，斯可叹也！

注释

① 《云台编》：《新唐书·艺文志》载，郑谷著有《云台编》三卷、《宜阳集》三卷。《宜阳集》已佚。《云台编》录诗约三百首。

② 官亦至都官：《宋史·梅尧臣传》记载，梅尧臣"历德兴县令，知建德、襄城县，监湖州税，金书忠武、镇安判官，监永丰仓。大臣屡荐宜在馆阁，召试，赐进士出身，为国子监直讲，累迁尚书都官员外郎"。

③ 刘原父：刘敞（约 1019—1068），字原父。世称公是

先生。临江新喻（今江西新余）人。庆历进士。历任吏部南
曹，知制诰，官至集贤院学士，判南京御史台。长于春秋学，
摆脱传统束缚，开宋儒批评汉儒的先声。撰有《七经小传》
《春秋权衡》《春秋传》《公是集》等。

译文

郑谷诗名盛于唐代末年，诗集名叫《云台编》，但世俗只
是以官名称呼他的诗为"郑都官诗"。他的诗非常有意思，也
有很多佳句，但格调不是很高。因为他的诗浅显易懂，世人
多用来教小孩诵读，我小时候就背过他的诗。如今他的诗集
已经不流行了。梅圣俞晚年，也做了尚书都官员外郎。一天
聚在我家喝酒，刘原父开玩笑说："圣俞的官位一定止于此职
位。"在座的客人都很惊讶。刘原父说："过去有郑都官，现
在有梅都官呀。"圣俞颇为不悦。不久，圣俞因病去世。我为
他的诗集《宛陵集》作序，而现在的人都只叫它"梅都官
诗"。一句玩笑，后来果然如此，真是可叹。

品读

郑谷，字守愚，是晚唐重要诗人，七岁能诗，
与同时代的许棠、喻坦之、任涛、温宪、李昌符、
张乔、周繇、张蠙、李栖远并称"咸通十哲"。游戏
举场十六年后，才在僖宗光启三年（887）进士及
第。昭宗乾宁四年（897）转都官郎中，号"郑都
官"。因曾作《鹧鸪诗》，颇为警绝，又称"郑鹧
鸪"。

辛文房《唐才子传》："谷诗清婉明白，不俚而
切。"贺裳《载酒园诗话又编》："郑谷诗以浅切而
妙。"胡震亨《唐音癸签》："郑都官诗非不尖鲜，无

奈骨体太孱。以其近人，宋初家户习之。"晁公武
《郡斋读书志》："谷诗属思凝切于理，而格韵繁猥，
语句浮俚不竞，不为议者所多。"《重订中晚唐诗主
客图》评价曰："淡语深情，味之无尽，似水部派。"
《全唐文》孟宾于《碧云集序》中说："乱后江南郑
都官、王贞白，用情创志……"由这些代表性的评
论可以看出，郑谷的诗歌整体风貌是清婉、浅切、
情深。由"不俚""骨体太孱""浮俚不竞"可见，
郑谷的诗格调不高，流于"容易"，而与欧阳修标榜
的平易不尽相同，从中亦能见出对郑谷诗歌的轻视
鄙薄之意。

郑谷诗全篇佳者少，而佳句则往往有之。如
《寄赠孙路处士》："酒醒薜砌花阴转，病起渔舟鹭迹
多。"《少华甘露寺》："饮涧鹿喧双派水，上楼僧踏
一梯云。"《敷溪高士》："眠窗日暖添幽梦，步野风
清散酒醒。"《舟行》："村逢好处嫌风便，酒到醒来
觉夜寒。"《擢第后入蜀经罗村，路见海棠盛开偶有
题咏》："一枝低带流莺睡，数片狂和舞蝶飞。"《中
年》："情多最恨花无语，愁破方知酒有权。"《寄赠
杨蘗处士》："春卧瓮边听酒熟，露吟庭际待花开。"
虽都是入情切景，但是始终显得气格婉弱，渐近宋
元格调。

郑谷的诗整体风格明白晓畅，却又语浅情深。
如他那首名作《鹧鸪》：

暖戏烟芜锦翼齐，品流应得近山鸡。

雨昏青草湖边过，花落黄陵庙里啼。

游子乍闻征袖湿，佳人才唱翠眉低。

相呼相应湘江阔，苦竹丛深日向西。

　　这首诗着重表现其神韵，而不求形似。开篇写鹧鸪习性、羽毛和形貌，通过和山鸡作对比写其嬉戏活动，做了画龙点睛式的勾勒。结句所写鹧鸪之声越发幽冷，鹧鸪忙于在丛深苦竹中寻找暖窝，而踽踽独行的游子，何时能够返回故乡？传达出诗人沉重的羁旅乡愁之情。全篇咏鹧鸪而重在传神韵，使人和鹧鸪融为一体，构思精妙缜密，难怪世人誉之为"警绝"了。

　　梅圣俞和欧阳修在北宋诗文革新运动中，结下了深厚友谊。一生困顿的梅圣俞，死于嘉祐五年。次年，欧阳修编撰成《梅圣俞诗集》，并作序。序文通过对梅尧臣仕途坎坷，专力作诗的叙写，驳斥了"诗人少达而多穷"的说法，提出了著名的"诗穷而后工"这一诗论。诗人要"内有忧思感愤之郁积，其兴于怨刺"，那些怀才不遇的诗人，心里郁积着忧愁和愤慨，因此能写出讽刺时事、述说难言的情感的诗篇。这一美学思想，关注诗人境遇和心态与诗歌内涵情感的关联，与司马迁"发愤著书"说一脉相承，也是韩愈"不平则鸣"说的继承和发展。

　　然而郑谷有《云台编》，人但称其"郑都官诗"，梅尧臣有《宛陵集》，而人称其诗为"梅都官诗"。一个小小的玩笑，却一语成谶，可叹，可惜。

九

陈舍人从易①，当时文方盛之际②，独以醇儒古学见称③，其诗多类白乐天。盖自杨、刘唱和④，《西昆集》行⑤，后进学者争效之，风雅一变⑥，谓"西昆体"。由是唐贤诸诗集几废而不行。陈公时偶得杜集旧本，文多脱误，至《送蔡都尉》诗云⑦："身轻一鸟。"其下脱一字。陈公因与数客各用一字补之。或云"疾"，或云"落"，或云"起"，或云"下"，莫能定。其后得一善本⑧，乃是"身轻一鸟过"。陈公叹服，以为虽一字，诸君亦不能到也。

注释

① 陈舍人从易：舍人，原本宫内人之意，后世以为君主亲信之臣。陈从易（966—1031），字简夫，泉州晋江（今属福建）人。端拱二年（989）进士及第，官至中书舍人、龙图阁直学士。好学强记，为人激直少容，多面折人。景德后，文士以雕靡相尚，从易却好古笃行，力矫时弊。著有《泉山集》二十卷，《中书制稿》五卷，《西清奏议》三卷。

② 时文：当时流行的文章风格，这里指景德之后风行的

"西昆"文风。

③ 醇儒古学：醇儒，学识精纯的学者。《汉书·贾山传》："所言涉猎书记，不能为醇儒。"古学，封建科举试士，凡经解史论诗赋等，区别于八股文和试帖诗。

④ 杨、刘：杨，即杨亿（974—1020），字大年，建州蒲城（今属福建）人。淳化三年（992）赐进士第。曾为翰林学士兼史馆修撰，参与修《太宗实录》，景德二年（1005）与王钦若主修《册府元龟》，官至工部侍郎。今存《武夷新集》。刘，即刘筠（971—1031），字子仪，大名（今属河北）人。咸平元年（998）进士。景德元年（1004）为大名府观察判官，参修《册府元龟》，官至龙图阁直学士。诗学李商隐，工于对偶，辞藻华丽，与杨亿齐名，时称"杨刘"。

⑤《西昆集》：即《西昆酬唱集》，宋初唱和诗总集。集中收录杨亿、刘筠、钱惟演等十七人约二百五十首五言、七言诗，其中主要为杨、刘、钱三人作品。他们的诗歌追求辞藻华美、对仗工整，被称为"西昆体"。

⑥ 风雅一变：诗风一变，是欧阳修对刘筠、杨亿等诗风的贬斥。石介《与君贶学士书》："自翰林杨公唱淫词哇声，变天下正音四十年。眩迷盲惑，天下聩聩晦晦，不闻有雅声。尝谓流俗益弊，斯文遂丧。"

⑦《送蔡都尉》：杜甫原题《送蔡希曾都尉还陇右因寄高三十五书记》。全诗为："蔡子勇成癖，弯弓西射胡。健儿宁斗死，壮士耻为儒。官是先锋得，才缘挑战须。身轻一鸟过，枪急万人呼。云幕随开府，春城赴上都。马头金狎帢，驼背锦模糊。咫尺雪山路，归飞青海隅。上公犹宠锡，突将且前驱。汉使黄河远，凉州白麦枯。因君问消息，好在阮元瑜。"

⑧ 善本：在学术上或艺术上有重要价值，而又珍贵稀少的图书，如旧刻本、精刻本、手稿、旧拓碑帖等，通常叫"善本"。

译文

中书舍人陈从易，当"西昆"文风盛行之际，他却以能解史论诗赋、学识精纯见称于世。他的诗多类似于白乐天。自从杨亿、刘筠的诗词酬唱编成《西昆集》行世，后来的学者争相效仿，诗风由此一变，称为"西昆体"。于是唐代诸贤的诗集几乎都废弃不流行了。陈从易当时偶然得到了杜甫诗集旧本，文词多有缺失，比如《送蔡都尉》诗云："身轻一鸟。"下面缺了一个字。陈公于是与宾客各用一个字补上。有的补"疾"，有的说"落"，有的又认为是"起"，还有的写"下"，不能定论。后来得到一个善本，这句原来是"身轻一鸟过"。陈公叹服，认为虽然仅仅是一个字，但诸君也不能达到杜甫的水平。

品读

景德二年（1005），宋真宗赵恒命王钦若、杨亿、孙奭等 18 人一同编修《历代君臣事迹》的大类书，大中祥符六年（1013）成书，诏题作《册府元龟》。这么多馆阁文人聚在一起，修书之余，自然免不了诗酒唱和。大中祥符元年（1008），翰林学士杨亿将他们的唱和之作编为一集。《穆天子传》有云："天子升于昆仑之丘，至于群玉之山，先王之所谓册府。"郭璞注："即《山海经》云群玉山，西王母所居者。言往古帝王以为藏书册之府，所谓藏之名山者也。"《册府元龟》之"册府"即由此来。而他们这三年的酬唱活动主要在皇家秘阁中，所以据昆仑之西有群玉之山，为帝王藏书之府的说法，将诗集

春风疑不到天涯，二月山城未见花。

残雪压枝犹有橘，冻雷惊笋欲抽芽。

夜闻归雁生乡思，病入新年感物华。

曾是洛阳花下客，野芳虽晚不须嗟。

欧阳修（宋）　戏答元珍

题作《西昆酬唱集》。《西昆酬唱集》行世后，"西昆体"横空出世，并风行一世，一时成为诗坛上独领风骚的诗歌流派。

《西昆酬唱集》共收了杨亿、刘筠、钱惟演等十七位诗人约二百五十首作品。杨亿在序中说："因以历览遗编，研味前作，挹其芳润，发于希慕，更迭唱和，互相切劘。"馆阁文臣的生活是狭窄而枯燥的，他们面对最多的就是浩如烟海的史册典籍，修书之余，所见也不过天井方隅。加之翰林学士，本身博学，又从事着如此"不朽之盛世"的作业，难免有炫才之嫌。所以他们三年的时间，视野也不过在皇宫围墙之内，唱和之诗，题材不越怀古咏史、咏物和流连生活。他们在风格上诗法晚唐，推崇李商隐，兼重唐彦谦，片面发展追求李诗的艺术外貌，思想内容贫乏，与时代、社会脱轨，虽然对仗工稳，辞藻华美，但缺乏内在的气韵。尤其是一些写流连光景的诗，更是"浮艳"。然而西昆体整饬、典丽的艺术特征，相对于平直浅陋的五代诗风而言，是一种艺术上的进步，有令人耳目一新之感，杨亿、刘筠当时又都是博学多识的大学者，有一种文坛领袖的引导力。因此，虽然有白体、晚唐体两个诗人群体在宋初诗坛上活跃，西昆体仍然凭借着反映统一帝国的堂皇气象，风行一时，《后村诗话》引欧阳修语称"杨、刘风采，耸动天下"。足见当时酬唱之作的盛行。

当时的西昆酬唱，有十一人并未参加《册府元龟》的编纂，也同样有十二人参与编纂而未投入到他们的唱和活动之中。陈从易即是其一。陈从易博学强记，景德年间，也曾进入秘阁修书，但并未与杨、刘唱和，也并不为后进学者争相效仿的"雕靡相尚"的风气影响，仍然力倡醇儒古学，坚持质朴的文风。

杜甫诗歌之所以取得如此高的成就，他在炼字炼句上下的功夫不可小觑。他在《江上值水如海势聊短述》中自言："为人性僻耽佳句，语不惊人死不休。"刘熙载曾评价说："少陵炼神。"杜甫的炼字，不是在浅层次的文本上的打磨，而是通过炼字来更精微地表现情韵。《送蔡都尉》前四联："蔡子勇成癖，弯弓西射胡。健儿宁斗死，壮士耻为儒。官是先锋得，才缘挑战须。身轻一鸟过，枪急万人呼。"诗人盛赞蔡都尉的勇武气概，先言其志雄气猛，宁死不为儒，而世风也渐渐重武轻文。"身轻"二句，写其敏捷的身手，高超的才技。"过"字，以瞬时动作，强调蔡都尉身手矫健，如鸟疾速飞过。强调一种动态的势，有一种人还没反应过来，但都尉已经完成动作的感觉，足见其快。这里陈从易招宴诸人所补之"疾""落""起""下"，均不如"过"字铿锵有力，自然天成。宋叶梦得《石林诗话》云："诗人以一字为工，世固知之，惟老杜变化开阖，出奇无穷，殆不可以形迹捕。"欧阳修亦借陈从易之口，感叹道："虽一字，诸君亦不能到也。"

十

国朝浮图①，以诗名于世者九人，故时有集号《九僧诗》②，今不复传矣。余少时闻人多称之。其一日惠崇③，余八人者，忘其名字也。余亦略记其诗，有云："马放降来地，雕间战后云。"④又云："春生桂岭外，人在海门西。"⑤其佳句多类此。其集已亡⑥，今人多不知有所谓九僧者矣，是可叹也！当时有进士许洞者⑦，善为词章，俊逸之士也。因会诸诗僧分题，出一纸，约曰："不得犯此一字。"其字乃山、水、风、云、竹、石、花、草、雪、霜、星、月、禽、鸟之类，于是诸僧皆阁笔⑧。洞咸平三年进士及第，时无名子嘲曰"张康浑裹马⑨，许洞闹装⑩妻"是也。

注释

① 浮图：梵文 Buddha 的音译。本意是佛塔，后用来称僧人。

②《九僧诗》：即"以诗名于世者九人"的诗集。这九位僧人是：希昼、保暹、文兆、行肇、简长、惟凤、惠崇、宇

昭、怀古，他们是晚唐体诗人中最恪守贾岛、姚合门径的诗
人，其中惠崇的成就比较突出。

③ 惠崇（965—1017）：福建建阳人，北宋僧人，擅诗、
画。作为诗人，他专精五律，多写自然小景，忌用典、尚白
描，力求精工莹洁，颇为欧阳修等大家称道；作为画家，他
"工画鹅、雁、鹭鸶，尤工小景，善为寒汀远渚、潇洒虚旷之
象，人所难到也"（北宋郭若虚语）。苏轼为惠崇画作《春江
晚景》的题诗："竹外桃花三两枝，春江水暖鸭先知"，名传
千古。

④ "马放"二句：出自宇昭《塞上赠王太尉》。全诗为：
"嫖姚立大勋，万里绝妖氛。马放降来地，雕闲战后云。月侵
孤垒没，烧彻远芜分。不惯为边客，宵笳懒欲闻。"

⑤ "春生"二句：出自希昼《怀广南转运陈学士状元》。
全诗为："极望随南斗，迢迢思欲迷。春生桂岭外，人在海门
西。残日依山尽，长天向水低。遥知仙馆梦，夜夜怯猿啼。"

⑥ 亡：散佚。

⑦ 许洞（976—1015）：字洞夫，吴郡（今江苏苏州）
人。咸平三年（1000）进士，擅长弓矢击刺之技，精于兵学，
有文才，尤精《左传》，恃才傲物，与僧人潘阆（làng）往
来，著有《虎钤经》。

⑧ 阁笔：搁笔，停笔。

⑨ 浑裹：古代巾帽名或头巾一类的东西，大多为教坊、
杂剧人用。宋孟元老《东京梦华录》："教坊色长二人，在殿
上栏干边，皆浑裹宽紫袍……诸杂剧色皆浑裹。"

⑩ 闹装：或为"闹妆"，用金银珠宝等杂缀而成的腰带
或鞍、辔之类的饰物。

译文

本朝僧人，以诗歌知名于当世的有九个人，因此当时有
诗集《九僧诗》，今天已经不流传于世了。我少年时听到很多

人说起。其中一个叫惠崇，其余八个人，我忘记他们的名字了。我约略记得他的诗，有一句"马放降来地，雕间战后云"。又有"春生桂岭外，人在海门西"。佳句多是这一类。这本《九僧诗》集已经亡佚，现在的人大多不知道有所谓的九僧，真是可叹。当时有一个叫许洞的进士，擅长作词章，是个俊秀的才子。和诸诗僧分题作诗，拿出一张纸，约定说："不能用这上面的任何一个字。"纸上写的字是：山、水、风、云、竹、石、花、草、雪、霜、星、月、禽、鸟之类，于是，诸僧都搁笔。许洞是咸平三年进士及第，当时有无名之士嘲笑："张康浑裹马，许洞闹装妻。"说的就是许洞。

品读

宋初诗坛，基本上在中晚唐诗风笼罩之下，"元白体""晚唐体""西昆体"盛行于世。其中"晚唐体"是指宋初模仿唐代贾岛、姚合诗风的一群诗人。而"晚唐体"诗人中，最恪守贾岛、姚合门径的，是宋初"九僧"。元方回作《罗寿可诗序》，称"晚唐体则九僧最逼真"。九僧者谁？司马光《温公续诗话》云："所谓九诗僧者：剑南希昼、金华保暹、南越文兆、天台行肇、沃州简长、贵城惟凤、淮南惠崇、江南宇昭、峨眉怀古也。"这九人中，尤以希昼、惠崇成就为大。九僧经常以诗歌相赠往返，亦曾不定期举行规模不等的聚会，分题作诗，流连唱和，至《九僧诗》结集印行，九僧作为一个诗歌流派正式形成。

贾岛诗云："两句三年得，一吟双泪流。"姚合诗亦云："秋来吟更苦，半咽半随风。"九僧作诗，则是继承了贾岛、姚合的这种反复推敲的苦吟精神。

九僧诗颇多精警的句子，全篇的意境往往不够完整。比如"虫迹穿幽穴，苔痕接断棱"（保暹《秋径》），"磬断危杉月，灯残古塔霜"（惟凤《与行肇师宿庐山栖贤寺》），"照水千寻迥，栖烟一点明"（惠崇《池上鹭分赋得明字》），"马放降来地，雕间战后云"（宇昭《塞上赠王太尉》），"春生桂岭外，人在海门西"（希昼《怀广南转运陈学士状元》）等，都写得细腻传神。

九僧是僧人，尽管与文士有所交往，但始终还是站在政治大潮之外，接触最多的是山水风光，加之习佛，他们更容易进行静谧的关照，创造含蓄空灵、清幽淡远的意境。在内容上，他们更倾向于描写清邃幽静的山林景色和枯寂淡泊的隐逸生活。最直接的体现，就是意象的选择上。九僧诗中，关于秋、寒、孤、残、愁、半的相关意象使用最为频繁，如寒溪、寒云、秋江、秋月、孤泉、孤影、半月、半露、残阳、残雪等，这些意象气局狭小，意境清寒，充溢着一种伤感之美。除了这种凄冷风格，九僧诗也有清新幽远的作品，钱锺书曾称他们为"一群山林诗人"。欧阳修这里提到的许洞与诸僧聚会分题作诗，诸僧搁笔的事情，颇有趣味，这也正是九僧诗意象单一的体现。在中国古典诗歌选取意象多涉鸟兽草木，如《诗经》之芦花黄鸟，《楚辞》之兰蕙骐骥，诗取自然，源古流今……许洞所禁十四字，全是自然景观或动植物名，作诗起兴抒情、借物寓怀时难免用之，禁用固然有些绝对，但许洞也正是抓住了"九僧"诗工于写景、意象单一的特征。因此，欧阳修在记此轶事后，又写无名氏嘲笑许洞"张康浑裹马，许洞闹装妻"之句，借以讥讽。

盛唐的歌声已经远去，晚唐诗歌，早已不复盛世风采，但也为唐诗添上最后一抹余晖。宋初诗坛，并未形成自己独特的诗歌风貌，诗人作诗基本都是在遵循中、晚唐的路数。各流派有自己的探索，流派之间也有着"明争暗斗"。以王禹偁为代表的"白体"诗人，多是中上层官员，继承了反映现实生活的中唐新乐府精神，提倡平易诗风，赋予诗歌广阔的社会内容，却使得诗歌"义理虽通，语涉浅俗"。"晚唐体"的作者群体庞大，从中下层文人乃至隐逸、处士、僧人等，都循其门径，九僧就是其中的代表。他们以清苦工密的吟唱，企图对抗"元白体"末流的平庸浅俗，在当时有一定的革新意义。而"西昆体"的作者多是台阁文人，学问渊博，风格绮丽，不仅企图矫正"白体"的浅俗，同时也鄙薄"晚唐体"的山林疏陋之气。这三种宋初诗坛主要的诗歌流派递相出现，使得宋初诗坛在"风起云涌"中探索属于宋代的诗歌风貌。

十一

孟郊、贾岛皆以诗穷至死①，而平生尤自喜为穷苦之句。孟有《移居》诗云："借车载家具，家具少于车。"②乃是都无一物耳。又《谢人惠炭》云："暖得曲身成直身。"③人谓非其身备尝之不能道此句也。贾云："鬓边虽有丝，不堪织寒衣。"④就令织得，能得几何？又其《朝饥》诗云："坐闻西床琴，冻折两三弦。"⑤人谓其不止忍饥而已，其寒亦何可忍也。

注释

①孟郊、贾岛：孟郊（751—814），字东野，湖州武康（今浙江德清）人。早年贫困，屡试不第。贞元十二年（796）中进士，十六年授溧阳尉，抑郁不得志，遂辞官，经荐于元和初再任河南水陆转运判官，试协律郎，后病死阌（wén）乡（今河南灵宝）。张籍私谥"贞曜先生"。与韩愈唱和，世称"韩孟"。又与贾岛齐名，世称"郊岛"。孟诗艺术风格，或长于白描，不用辞藻典故，语言明白淡素而又力避平庸浅易；或精思苦炼，雕刻奇险。贾岛（779—843），字阆仙，范阳（今河北涿州）人。早年出家为僧，号无本，自号"碣石山人"。元和五年（810）冬，至长安，见张籍。次年春，至洛阳，始谒韩愈，以诗深得赏识。后还俗科考，但累举不中。

文宗开成二年（837）任遂州长江主簿，世称贾长江。其诗力矫平易浮滑之风，冥思苦吟，清奇峭直，以五律见长，时有警句，而通篇完美者不多。有《长江集》。二人系中唐"韩孟诗派"代表人物，皆以苦吟著称，苏轼评价为"郊寒岛瘦"。

②《移居》：原题作《借车》。全诗为："借车载家具，家具少于车。借者莫弹指，贫穷何足嗟。百年徒役走，万事尽随花。"

③《谢人惠炭》：原题《答友人赠炭》。全诗为："青山白屋有仁人，赠炭价重双乌银。驱却坐上千重寒，烧出炉中一片春。吹霞弄日光不定，暖得曲身成直身。"惠：惠赠。

④"鬓边"二句：出自《客喜》："客喜非实喜，客悲非实悲。百回信到家，未当身一归。未归长嗟愁，嗟愁填中怀。开口吐愁声，还却入耳来。常恐泪滴多，自损两目辉。鬓边虽有丝，不堪织寒衣。"这首诗反映了诗人客居他乡的穷困生活。

⑤《朝饥》全诗为："市中有樵山，此舍朝无烟。井底有甘泉，釜中乃空然。我要见白日，雪来塞青天。坐闻西床琴，冻折两三弦。饥莫诣他门，古人有拙言。"

译文

孟郊、贾岛，都是因为追求极致的诗歌而死，生平尤其喜欢作描写穷苦的句子。孟郊有《移居》诗："借车载家具，家具少于车。"是说一无所有。又有《谢人惠炭》："暖得曲身成直身。"有人评论说如果不是自己饱尝其苦，是写不出这样的句子的。贾岛有句："鬓边虽有丝，不堪织寒衣。"就算发丝能织成寒衣，又能得到多少？他又有《朝饥》一诗："坐闻西床琴，冻折两三弦。"有人说他不只是忍受饥饿而已，这种寒冷又怎么能忍受啊。

品读

苦吟，是指写诗时苦思沉吟，反复推敲，以求字句的精警与含意的深邃。中晚唐时代，诗坛盛行"苦吟"的风气，孟郊和贾岛就是活跃于这一时期的众多"苦吟诗人"中最有代表性的两位著名诗人。二人以苦吟著称而贫寒终身，仕途蹭蹬，生活潦倒，生平遭遇极为相似，苏轼评二人诗歌风格为"郊寒岛瘦"。

孟郊、贾岛在诗史上第一次鲜明响亮地扛起了"苦吟"的大旗。他们的诗中，有不少直接描写自己苦吟的情景，如"调苦竟何言，冻吟成此章"（孟郊《苦寒吟》），"夜学晓不休，苦吟鬼神愁"（孟郊《夜感自遣》），"无子抄文字，老吟多飘零。有时吐向床，枕席不解听"（孟郊《老恨》），"一吟动狂机，万疾辞顽躬"（贾岛《投孟郊》），"沟西吟苦客，中夕话兼思"（贾岛《雨夜同厉玄怀皇甫荀》），"默默空朝夕，苦吟谁喜闻"（贾岛《秋暮》），"吟苦相思处，天寒水急流"（贾岛《怀博陵故人》），"两句三年得，一吟双泪流"（贾岛《题诗后》）。然而同样是苦吟的代表，二者在后世的接受程度却大相径庭。孟郊生前是韩孟诗派的代表人物，深受韩愈赞赏，后世却有很多批判的声音，苏轼《读孟郊诗二首》云："初如食小鱼，所得不偿劳。又似煮彭越，竟日嚼空螯。"严羽《沧浪诗话》诗评称："孟郊之诗，憔悴枯槁，其气局促不伸，退之许之如此何耶?"而贾岛在身后则得到广泛响应,仅晚唐学习贾岛的诗人,就有马戴、司空图、曹松等二十余人,更有像李洞、孙晟那样的狂热爱好者,到了宋代,对以南宋四灵派为代表的许多诗人也产生了深刻的影响。

事实上,孟郊的苦吟不同于贾岛的苦吟,艺术风貌也各不相同。孟郊的苦吟,是一种揉入了生活、境遇的满怀忧苦而埋头创作式的苦吟。孟郊一生困厄潦倒、怀才不遇,经历了贫病交加的凄景、冷酷无情的世道,导致他失败的不合理的社会和深深植根于心中的无力感和徒劳感是难以祛除的,因而终日沉浸在沮丧和忧郁的心境中,因此,他的苦吟是一种精神压抑下的抒发愤懑型。元好问《论诗绝句》云:"东野穷愁死不休,高天厚地一诗囚。"孟郊尽管埋头苦吟,但并没有贯穿他一生。一方面,他在吟哦中,兼有冷静的反思这种埋头作诗的倾向,"如何不自问,心与身为仇",他似乎已经隐隐预见这种无休止的字斟句酌、苦苦思索可能带来的结局。甚至对诗歌本身也产生了怀疑:"本望文字达,今因文字穷"(《叹命》),"能诗不如歌,怅望三百篇"(《教坊歌儿》),"终当罢文字,别著逍遥篇。从来文字净,君子不以贤"(《偷诗》)等,这种反复求索却无能为力的彷徨,令人不忍卒读。另一方面,贾岛作为韩孟诗派的中坚力量,与韩愈有很多长篇联句唱和,这种即兴吟咏的体裁,与反复推敲的苦吟是有着本质区别的。

而关于贾岛的苦吟,我们耳熟能详的就是《唐

诗纪事》中关于"推敲"一词的逸话：贾岛进京赶
考，骑驴赋诗，吟出"僧推月下门"的诗句，正沉
浸其中以手作推敲之势，苦苦思索是否将"推"改
成"敲"的时候，不觉竟然冲撞了韩愈，韩愈认为
"敲"字更好，二人交谈了很久。还有一回，贾岛面
对秋风扫落叶，吟出"落叶满长安"，冲撞了刘栖
楚，被关了一夜才放出来。足见贾岛嗜吟成癖，忘
我耽溺。贾岛早年出家，过着山林隐栖、孤云野鹤
式的生活，因此，还俗以后，尽管生活艰难，但相
比孟郊，他的生活态度要潇洒很多。他的诗，避开
了与现实的不断交锋，在自我狭窄的诗世界里以一
种苦行僧式的苦吟，创造出一种幽僻清苦的诗境。
如《寄白阁默公》：

> 已知归白阁，山远晚晴看。
> 石室人心静，冰潭月影残。
> 微云分片灭，古木落薪干。
> 后夜谁闻磬，西峰绝顶寒。

　　在清冷又无懈笔的写景中，巧妙地融入思慕默
公的心情，余韵袅袅，堪称佳作。
　　孟郊的苦吟诗，深深烙上了他关于艰难生活的
记忆，是一种宣泄式的苦吟，这种"苦"，既是思索
的苦，也是内容的苦。而贾岛的苦吟，则真正是一
种苦行僧式的吟哦，在不断苦吟中追求一种艺术上
的精进。二人都有着满腹才华和不幸人生，他们也
喜欢用诗歌来书写自己的贫苦境地。但同样是写生

活的艰辛，二者却有着不同的精神风貌。孟郊的"借车载家具，家具少于车"，搬家需要去借车，可见其家贫，更寒心的是，所有的家具，竟然还装不满一车。语言质朴如白描，但其中蕴含的无力感却让人心酸。"暖得曲身成直身"，这一句更加让人唏嘘，天寒地冻，幸亏有友人赠送木炭，炉子终于燃起来了，点亮了整个冰窖般的冬天，冷得不自觉地瑟缩着的身体，慢慢融入这蒸蒸而上的氛围，终于能够笔直挺坐了。这两句诗，可以说是挤得出苦水来的，在孟郊的笔下，他文人的身份被消解了，他只是一个渺小的普通人，挣扎在贫苦的生活中，这生活让他无力，让他绝望。看似是一种接受命运般的安静，实则是无声的咆哮，字字泣血。读来让人心里感到憋闷。再看贾岛的两句诗。"鬓边虽有丝，不堪织寒衣"，穷困潦倒，眼看着鬓边白发丛生，却在寒冬连一件御寒的衣服都没有；"坐闻西床琴，冻折两三弦"，不仅要忍饥挨饿，更要忍受这连琴弦都能冻折的寒冷。苦寒之情，溢于言表。贾岛这两句诗，虽然也写饥寒交迫的窘境，言辞之间有叹息，但缺少孟诗那种泣血的悲愤，读来让人觉得，诗中的主人公是一种清贫、脱俗的形象。孟诗的世界，充满了悲哀、愤怒，读来让人觉得压抑。贾诗即使在写穷困生活时，依然谨慎下笔，渴望创造出一种清冷的意境，借以逃避难堪的现实。

十二

唐之晚年，诗人无复李、杜豪放之格，然亦务以精意相高①。如周朴者②，构思尤艰，每有所得，必极其雕琢，故时人称朴诗"月锻季炼，未及成篇，已播人口"。其名重当时如此，而今不复传矣。余少时犹见其集，其句有云："风暖鸟声碎，日高花影重。"③又云："晓来山鸟闹，雨过杏花稀。"④诚佳句也。

注释

① 精意：精于构思。

② 周朴（？—878）：字见素，一作太朴，《唐才子传》称其福州长乐（今属福建）人，《全唐诗》作吴兴（今浙江湖州）人。工于诗，不求功名，初隐嵩山，后避福州，寄食乌石山寺，常与山僧钓叟相往来。黄巢入闽，欲用之，周朴谢回说："我为处士，尚不屈天子，安能从贼？"遂被杀。《全唐诗》录存其诗十五首，编为一卷。死后，友人林嵩得其诗百余首，编为两卷。

③ "风暖"二句：《春宫怨》："早被婵娟误，欲妆临镜慵。承恩不在貌，教妾若为容。风暖鸟声碎，日高花影重。年年越溪女，相忆采芙蓉。"

④ "晓来"二句：现只存此联。

译文

晚唐时期，诗人不再有李白、杜甫所代表的那种明朗磅礴的盛唐气象，而以构思巧妙和字句精炼取胜。比如有个叫周朴的人，构思非常艰难，每有所得，一定要雕琢字句至极，因此当时人称周朴的诗"月锻季炼，还没出口，已经传播开来"。他的诗名在当时如此显赫，但现在已经不复流传了。我年少时还见过他的集子，其中有句是："风暖鸟声碎，日高花影重。"又有："晓来山鸟闹，雨过杏花稀。"确实是好句子。

品读

随着安史之乱的爆发，唐王朝由极盛转衰，诗歌不复兴象玲珑之貌，中唐以后，诗人开始追求一种孤独寂寞的冷落心境，追求清雅高逸的情调，虽有风味而气骨顿衰，至孟郊、贾岛以后的晚唐，崇尚推敲锤炼的"苦吟"之风盛行，更加追求一种精细之美，唐诗气象已渐消弭。

晚唐诗人周朴，是一个不求功名的人，曾经隐居在嵩山，后来又寄食在福州乌石山寺，经常与山僧钓叟相往来。周朴作诗精心构思，崇尚雕琢。《全唐文》卷八二九林嵩《周朴诗集序》云："与李建州频、方处士干为诗友，一篇一咏，脍炙人口。……为诗思迟，盈月方得一联一句。得必惊人，未暇全篇，已布人口。"又金人瑞《贯华堂选批唐才子诗》："性喜吟诗，尤尚苦涩，每遇景物，搜奇抉思，日旰忘返。苟得一联一句，则欣然自快。"可见其作诗注重细细思考，精心布局，诗风冷僻怪异，胡震亨《唐音癸签》云："周朴从苦思中得猛句。陡目欲惊，其不合者亦多可憎，是贯休一流诗。"此外，《唐诗纪事》有两则轶事，记载周朴每得一联一句，就欣然自快。一次，遇到一个背着薪柴的人，作了一句"子孙何处闲为客，松柏被人伐作薪"，忽然拉住他说："我得之矣！"樵夫吓得"弃薪而走"，被巡察的人当作小偷抓起来了，周朴赶过去说明情况，官差才把人放了。另一则，当时有个读书人，不喜欢周朴作诗冷僻，想戏弄他，偶然遇到周朴，就歪戴着帽子低头吟诵"禹力不到处，河声流向东"，周朴就一路尾随，追到几里之外才赶上，气愤地对那人说："仆诗'河声流向西'，何得言流向东？"那位读书人就点点头，也不接言辩解，"闽中传以为笑"。诗人之痴，可见一斑。

"风暖鸟声碎，日高花影重""晓来山鸟闹，雨过杏花稀"两句，是周朴诗中较为清新舒朗的佳句。"风暖"二句，出自《春宫怨》，今多以为此诗为杜荀鹤所作，《全唐诗》注"一作周朴诗"。全诗为：

> 早被婵娟误，欲妆临镜慵。
> 承恩不在貌，教妾若为容。
> 风暖鸟声碎，日高花影重。
> 年年越溪女，相忆采芙蓉。

因貌美而选入宫中，却耽误了青春，如今都懒得梳妆了。君王宠爱不看容貌，打扮又有何意义呢？

聚散苦匆匆，此恨无穷。

今年花胜去年红，可惜明年花更好，知与谁同？

欧阳修（宋） 浪淘沙

窗外春光正好，当年吴王宫中的西施，想必年年都在回忆和女伴一起采莲的快乐吧。此诗把"春"与"宫怨"密合无间地表现出来，借咏宫怨传递出诗人对当时政治黑暗，自己满腹才情却无处施展的愤懑之情。颈联"风暖"二句，是为工对，以室外花影重叠、丽日高照的繁复春景，来反衬宫女心中的寂寞空虚。其中的"碎"和"重"字，在选词上别具匠心，巧妙地连接了春光无限和抒情主人公的愁绪。

"晓来"二句，写春雨过后的早上，山林中鸟儿叽叽喳喳地鸣叫，雨后的杏花，落了一地，枝头上残花摇曳，却有了别一样的美。其中的"闹"和"稀"一动一静，生动自然，读者仿佛已然置身其中，听着鸟鸣，闻着花香了。北宋"红杏尚书"宋祁的名句"红杏枝头春意闹"，或许受到周朴此联的启发。

十三

　　圣俞尝语余曰："诗家虽率意①，而造语亦难②。若意新语工③，得前人所未道者，斯为善也。必能状难写之景，如在目前，含不尽之意，见于言外，然后为至矣。贾岛云'竹笼拾山果，瓦瓶担石泉'④、姚合云'马随山鹿放，鸡逐野禽栖'⑤等是山邑荒僻，官况萧条，不如'县古槐根出，官清马骨高'为工也⑥。"余曰："语之工者固如是。状难写之景，含不尽之意，何诗为然?"圣俞曰："作者得于心，览者会以意，殆难指陈以言也⑦。虽然，亦可略道其仿佛⑧：若严维'柳塘春水漫，花坞夕阳迟'⑨，则天容时态⑩，融和骀荡⑪，岂不如在目前乎?又若温庭筠'鸡声茅店月，人迹板桥霜'⑫，贾岛'怪禽啼旷野，落日恐行人'⑬，则道路辛苦，羁愁旅思⑭，岂不见于言外乎?"

注释

　　① 率意：任意，顺着自己的意思写作。

② 造语：遣词造句，锤炼字句。

③ 意新语工：立意新颖，语句精炼。意谓诗歌在内容和形式上都要有独创性。

④ "竹笼"二句：出自《题皇甫荀蓝田厅》："任官经一年，县与玉峰连。竹笼拾山果，瓦瓶担石泉。客归秋雨后，印锁暮钟前。久别丹阳浦，时时梦钓船。"竹笼，用竹片编织的盛器。瓦瓶，亦作"瓦缾"，陶制的一种容器。担（dān），用肩膀挑。

⑤ 姚合（？—约855）：字大凝，陕州峡石（今河南陕县）人。元和十一年（816）进士，授武功主簿，因称姚武功，官至秘书少监。所作诗篇多写个人日常生活和自然景色。喜五律，刻意求工，与贾岛齐名，有"姚贾"之称。今传《姚少监诗集》十卷。"马随"二句：出自《武功县中作》："县去帝城远，为官与隐齐。马随山鹿放，鸡杂野禽栖。绕舍惟藤架，侵阶是药畦。更师嵇叔夜，不拟作书题。"

⑥ "县古"二句：此二句诗作者不详。有说杜甫诗句，《同官县志》（民国版）亦如此说，但《全唐诗》未见。古代官府衙门前多植槐树，槐根突出地面，说明此县建置年代久远；官府的马匹瘦骨嶙峋，反映了官员的清廉自守，所以说这两句诗要比贾岛、姚合的诗写得好。

⑦ 指陈：指示，陈列。

⑧ 仿佛：概况。

⑨ 严维：字正文，越州（今浙江绍兴）人，唐代诗人，生卒年不详。初隐桐庐，与刘长卿友善。至德二年（757）以"词藻宏丽"举进士，官至秘书郎。《全唐诗》收诗六十四首。"柳塘"二句：出自《酬刘员外见寄》："苏耽佐郡时，近出白云司。药补清羸疾，窗吟绝妙词。柳塘春水漫，花坞夕阳迟。欲识怀君意，明朝访楫师。""柳塘"二句，用翠柳轻拂水面，太阳留恋鲜花盛开的花圃而迟迟不肯落山，来写万物欣欣向荣的明媚春光，写出了"状难写之景，如在目前"的效果。《中山诗话》："人多取佳句为句图，特小巧美丽可喜，皆指咏

风景，影似百物者尔，不得见雄材远思之人也。梅圣俞爱严维诗曰：'柳塘春水漫，花坞夕阳迟'。固善矣，细较之，夕阳迟则系花，春水漫何须柳也。"

⑩ 天容时态：天空的景象，季节的景色。《南齐书·张融传·海赋》："照天容于鲥渚，镜河色于鲂浔。"

⑪ 骀荡：舒缓荡漾。

⑫ 温庭筠（约812—866）：本名岐，字飞卿，太原祈（今山西祁县）人，唐代诗人、词作家。精通音律，才思敏捷，每入试，押官韵，八叉手而成八韵，所以有"温八叉"之称。恃才不羁，好讥刺权贵，屡举进士不第，官终国子助教。其诗辞藻华丽，浓艳精致，与李商隐齐名，时称"温李"。其词艺术成就在晚唐诸词人之上，为"花间派"重要词人，在词史上，与韦庄齐名，并称"温韦"。"鸡声"二句：出自《商山早行》："晨起动征铎，客行悲故乡。鸡声茅店月，人迹板桥霜。槲叶落山路，枳花明驿墙。因思杜陵梦，凫雁满回塘。""鸡声"二句，写荒村野店中旅客被鸡鸣声唤起赶路，天空还挂着残月，板桥上的晨霜已留下行人的足迹。

⑬ "怪禽"二句：出自贾岛《暮过山村》："数里闻寒水，山家少四邻。怪禽啼旷野，落日恐行人。初月未终夕，边烽不过秦。萧条桑柘外，烟火渐相亲。""怪禽"二句写旅客在太阳快落山时，还无处投宿，匆匆赶路，只听见旷野中怪鸟啼叫，内心不由地恐惧起来。温庭筠和贾岛的诗句，通过生动具体的描写，使读者感受到旅途的艰辛和旅客的愁苦，"含不尽之意，见于言外"，所以说写得好。

⑭ 羁愁旅思：客居异乡的愁思。

译文

圣俞曾经对我说："诗人虽然顺着自己的意思创作，但是锤炼字句也很难。如果想要立意新颖、语句精练，获得前人所没有写过的诗句，是比较好的。诗人必须把难写的景物和情思，用生动形象的语言描绘出来，使景物好像呈现在读者眼前，而含义在言语之外。这才是最好的。贾岛说'竹笼拾山果，瓦瓶担石泉'，姚合说'马随山鹿放，鸡逐野禽栖'，这些诗句同样是写出了荒僻的景象、官员落寞的情况，却不如'县古槐根出，官清马骨高'工巧。"我说："语言工巧确实是这样。描摹难写的景象，蕴含不尽的情意，什么诗能做到呢？"圣俞说："作者有所心得，读者心领神会，几乎难以用语言表达出来。即使这样，也可以简单说个大概：比如严维'柳塘春水漫，花坞夕阳迟'，天空的景象，季节的景色，融化汇合，舒缓荡漾，难道不像这景色就在眼前吗？再如温庭筠'鸡声茅店月，人迹板桥霜'，贾岛'怪禽啼旷野，落日恐行人'，所写的旅途辛苦、作客他乡、愁怅思绪，难道不正是从语言之外体会出来的吗？"

品读

这一则是梅尧臣的诗论。诗人写诗的立足点应该是"诗家率意"。何谓"率意"？"意"可理解为意图、意愿、意兴，"率"则可以理解为顺从、任由之意。梅尧臣所谓"诗家率意"，是说当诗人胸中意兴涌起时，应任其勃发，不加阻拦，但是这种喷发式的涌现是一种来无影、去无踪的瞬时感性体悟。而将这种瞬时奇妙的构思，转化为好诗的手段，就是"造语"。而"率意"和"造语"之间的关系，就是"意新语工"。"意新"，即道前人所未道；"语工"，即工整协律。如何才能"意新语工"呢？梅尧臣用"难写之景"和"不尽之意"作了具体说明。这短短的几句话中，梅尧臣表达了自己相对完整的诗学思考："诗家率意""意新语工"是从诗人的视角去分析诗歌创作过程，从诗情意兴的勃发，到语言的组织运用，最后形成独特的表达效果，即是"意新"方可"语工"；"难写之景"和"不尽之意"句，是读者视角，一般的文学阅读和接受都存在由表及里的过程，面对一首诗歌，读者首先会从文本语词入手，形成一般性的感性认识，然后结合自身情感和阅历，才能体会到超越语言的特殊意味。梅尧臣所言因此而兼备了作者与读者的两种视角，从而生成为一种完整的具有理性精神的诗学思考。

关于"意新语工"，梅尧臣对比了贾岛与姚合的两组诗句，认为贾岛的"竹笼拾山果，瓦瓶担石泉"与姚合之"马随山鹿放，鸡逐野禽栖"两句，只能给人以简单呈现萧瑟荒僻图景的效果，不如"县古槐根出，官清马骨高"饶有诗味。"县古"两句，在造语上，以"古"和"清"来修饰"县"和"官"，并且借助"槐根出""马骨高"的鲜明形象而凸显出来。清官是"难写"的，但是诗人借助"马骨高"这样的直觉形象来象征性地刻画清廉高尚之士的精神面貌，就实现了"状难写之景，如在目前"的创作目的。相形之下，姚、贾诗句无论其"造语"修饰如何多变，叙述和描摹的核心始终处于同一个平面，"马随山鹿放，鸡逐野禽栖"尽管表现出家畜家禽与野生动物的自然亲和，从而藉有"天人合一""民胞物与"之人文意味，但比起"县古""官清"两句来，仍旧未能脱出客观事物累加之范畴。

那么，"状难写之景，含不尽之意，何诗为然"？

梅尧臣从"作者"和"览者"两个角度，认为二者之间的交流过程和沟通方式，可以通过"得"与"会"、"心"与"意"之间的对应关系来体现。这里回归了"言不尽意""得意忘言"的传统哲学范畴。于诗而言，言有尽而意无穷，方为好诗。梅尧臣依然列举三组诗以说明。严维"柳塘春水漫，花坞夕阳迟"，梅尧臣评价称"天容时态，融和骀荡"，"骀荡"是舒缓荡漾的样子，往往用来形容春天的烂漫和人物心境的自得。梅尧臣这里意在赞扬诗人把空间视野里柳塘春水的弥漫感和时间视角中黄昏之际的留恋感彼此交融一体的独到境界。而温庭筠"鸡声茅店月，人迹板桥霜"和贾岛"怪禽啼旷野，落日恐行人"，梅尧臣给出的短评是"道路辛苦，羁愁旅思，岂不见于言外乎"。也就是说，两人的诗都是在描写羁旅行役的忧思，但是独特之处在于，诗人均未曾直接抒写羁旅行役者的苦闷之态，而是运用历来诗评家所一致指出的"意象化"手法，将原本可以直接抒写的情思转化为对足以唤起读者同类联想的直觉形象的刻画。换言之，"含不尽之意，见于言外"的言外之意，其实是寄存在"状难写之景，如在目前"的景物刻画上了。

十四

圣俞、子美齐名于一时①，而二家诗体特异②。子美笔力豪隽③，以超迈横绝为奇④；圣俞覃思精微⑤，以深远闲淡为意。各极其长，虽善论者不能优劣也⑥。余尝于《水谷夜行诗》略道其一二，云："子美气尤雄，万窍号一噫。有时肆颠狂，醉墨洒滂霈。譬如千里马，已发不可杀。盈前尽珠玑，一一难拣汰。梅翁事清切，石齿漱寒濑。作诗三十年，视我犹后辈。文辞愈精新，心意虽老大。有如妖韶女，老自有余态。近诗尤古硬，咀嚼苦难嘬。又如食橄榄，真味久愈在。苏豪以气轹，举世徒惊骇。梅穷独我知，古货今难卖。"⑦语虽非工，谓粗得其仿佛，然不能优劣之也。

注释

① 子美：苏舜钦（1008—1048），字子美，祖籍梓州铜山（今四川中江）人，出生于开封。曾任县令、大理评事、集贤殿校理、监进奏院等职。《宋史》说他数次上书，纵论时政。因支持范仲淹革新遭受打击，罢职闲居苏州，后复起湖

州长史，不久病故。与梅尧臣齐名，人称"梅苏"。

　　② 二家诗体特异：指梅尧臣、苏舜钦二人诗的风格各有特色。诗体，此处指风格。

　　③ 豪隽：豪放隽永。

　　④ 超迈横绝：指不受羁绊，笔力奔放。

　　⑤ 覃 (tán) 思精微：思想深奥细密。覃，深广。

　　⑥ 优劣：分辨优劣。

　　⑦《水谷夜行诗》：原题《水谷夜行寄子美圣俞》，庆历四年 (1044)，作者奉使河东，途经水谷口 (今河北顺平县西北) 所作。全诗为："寒鸡号荒林，山壁月倒挂。披衣起视夜，揽辔念行迈。我来夏云初，素节今已届。高河泻长空，势落九州外。微风动凉襟，晓气清馀睡。缅怀京师友，文酒邈高会。其间苏与梅，二子可畏爱。篇章富纵横，声价相磨盖。子美气尤雄，万窍号一噫。有时肆颠狂，醉墨洒滂霈。譬如千里马，已发不可杀。盈前尽珠玑，一一难拣汰。梅翁事清切，石齿漱寒濑。作诗三十年，视我犹后辈。文词愈清新，心意虽老大。譬如妖韶女，老自有馀态。近诗尤古硬，咀嚼苦难嘬。初如食橄榄，真味久愈在。苏豪以气轹，举世徒惊骇。梅穷独我知，古货今难卖。二子双凤凰，百鸟之嘉瑞。云烟一翱翔，羽翮一摧铩。安得相从游，终日鸣哕哕。问胡苦思之，对酒把新蟹。"

译文

　　梅尧臣、苏舜钦齐名一时，但二人诗歌风格各有特点。苏舜钦笔力豪放隽永，以洒脱奔放为雄奇；梅尧臣则思想深奥细密，追求深远闲淡之意境。各自穷尽所长，即使善于评论的人也无法分辨优劣。我曾经在《水谷夜行诗》中略微说出一二："子美气尤雄，万窍号一噫。有时肆颠狂，醉墨洒滂霈。譬如千里马，已发不可杀。盈前尽珠玑，一一难拣汰。梅翁事清切，石齿漱寒濑。作诗三十年，视我犹后辈。文辞愈精新，心意虽老大。有如妖韶女，老自有余态。近诗尤古硬，咀嚼苦难嘬。又如食橄榄，真味久愈在。苏豪以气轹，举世徒惊骇。梅穷独我知，古货今难卖。"语言虽然不工巧，只能说是粗略说出了大概，但是仍然不能区别他们的优劣。

品读

梅尧臣和苏舜钦是北宋中期著名的诗人，二人以"苏梅"并称于世，在北宋诗坛上，享有很高的声誉。南宋刘克庄称梅尧臣为宋诗的"开山祖师"（《后村大全集》卷一七四）。清人叶燮也认为："开宋诗一代之面目者，始于梅尧臣、苏舜钦二人。"（《原诗·外篇下》）

虽然后人将二人视为共同"开宋诗一代之面目者"，但事实上，二人风格大相径庭。欧阳修这段即讨论二者差异。又赵翼《瓯北诗话》云："宋诗初尚西昆体，后苏子美、梅圣俞辈出，遂各出新意，凌铄一时，而二家又各不同。"北宋中期以前，"西昆体""晚唐体"盛行，统治文坛的是形式主义和唯美主义的文风。宋初柳开、王禹偁提倡"革弊复古"，意欲改变五代以来的"秉笔多艳冶"的风气，但并未成功。西昆体所代表的颓靡的形式主义文风的流弊，一直延续到仁宗朝，在此形势下，欧阳修所领导的一场诗文革新运动发生了。而梅圣俞、苏舜钦则是诗歌方面的主力军。这场诗文革新运动，是韩愈、柳宗元所领导的唐代古文运动的继承和发展，斗争的焦点仍然是"道"（内容）与"文"（形式）的关系。梅、苏二人都主张要强调作品的思想内容，但也呈现出明显的差异，苏舜钦缺乏辩证的眼光，重"道"轻"文"，梅尧臣则主张"文""道"并重。在各自诗歌理论的指导下，二人的创作必然呈现出不同的风貌。欧阳修认为，梅诗"覃思精微""深远闲淡"，苏诗"笔力豪隽""超迈横绝"。

梅尧臣提倡平淡的诗风，但他同时主张"因事"作诗，他的平淡是有别于王维、陶潜那种超然物外、隐逸山林的平淡，是一种反映现实、干预生活的平淡。梅尧臣推崇李白、杜甫、韩愈，认为他们所达到的艺术境界，正是内容充实、形式朴素、情味隽永的平淡妙境，梅尧臣所推崇的，也正是这种继承现实主义传统的平淡之境，例如《小村》：

> 淮阔州多忽有村，棘篱疏败漫为门。
> 寒鸡得食自呼伴，老叟无衣犹抱孙。
> 野艇鸟翘唯断缆，枯桑水啮只危根。
> 嗟哉生计一如此，谬入王民版籍论。

寥寥数笔，为我们勾勒了一座淮河平原上的村落，但后半部分，笔锋一转，村落并不像表面上看起来的那么平静，有的只是无衣无食、孤苦伶仃、不堪赋税的灾民。全诗几乎全用白描，却将贫苦小村的悲哀和盘托出，末尾两句，婉转讽刺，却又带着无尽的哀叹。当然，梅尧臣的这种平淡也不是一种俚俗、琐屑式的平淡。欧阳修在《梅圣俞墓志铭》中说："其初喜为清丽、闲肆、平淡，久则涵演深远，间亦琢刻以出怪巧，然气完力余，益老以劲。"梅氏反对雕琢浮华，追求"深远闲淡"式的艺术风格，绝不是忽视锤炼，相反，他一直认为"造语"艰难，他在《赠杜挺之诗》中说："作诗无古今，唯造平淡难。"这就是他所谓的"意新语工"。一方面，要炼意，透过现象去揭露本质，如同写农家生活，他却能很敏锐地写出盛世之下的困难，如"春税秋未足"（《田家语》）、"鹑衣着更穿"（《田家》诗之四）等，深刻揭示出人民的惨况。另一方面，要语工，即注重语言的锤炼。梅诗风格平淡，语言朴素自然，但这种自然不是俚俗，而是经过锤炼之后的一种炉火纯青的状态。如《小村》中末句"谬入王民版籍论"，把入"王籍"说成是"谬"，看似矛盾，实含深意，闪耀着思想的火花。所以欧阳修《水谷夜行诗》中称梅诗"清切"，精心优美，却又意蕴老道。

苏诗则是别有一番风味。苏舜钦继承了前代豪放诗风的艺术精神，并加以发展，"以超迈横绝为奇"，创造出一种豪健沉郁的艺术风格。《扪虱新语》说苏诗"喜为健句"，《临汉隐居诗话》说其"以奔放为宜"，《渑水燕谈录》亦云"词气俊伟，飘然有超世之格"。苏舜钦的诗歌，在情感上是不加修饰、直抒胸臆的，如《大雾》云："思得壮士翻白日，光照万里销我之沉忧"，《大风》云："况时风怒尚未息，只恐泾渭遭吹翻"，一气呵成，又气势浑然。当然，苏诗更显著的特点是风格的激越奔放。他追求的是笔力雄健，感情奔放，往往借助山川风雨迅猛变化的形象，来抒发浩荡不平的胸怀。如《淮中晚泊犊头》："春阴垂野草青青，时有幽花一树明。晚泊孤舟古祠下，满川风雨看潮生。"青草、幽花、孤舟、古祠，看起来是诗情画意，却隐藏在这满川风雨、潮起潮落中，这里诗人借助"满川风雨"，来抒发自己希望政治斗争有翻新的变化的情怀。再如《出京后舟中有作》："久居倦京城，归心日倾写。扁舟理棹楫，已与峻流下。断岸如崩山，远树若奔马。回头云间阙，出没见图画……"诗中作者把静态的事物加以动态化，静中有动，使得"断岸""远树"本来静的事物，也显得气势奔腾了。欧阳修在《水谷夜行诗》中论苏诗说其"苏豪以气轹，举世徒惊骇"，虽然略显夸张，但也确实抓住了苏诗豪放的特点。

欧阳修虽然认为苏诗与梅诗审美风格各异，难分优劣，但从他的言论中仍然可以看出，相对于梅诗，他对于苏舜钦诗那种冲天的豪气、直言不讳地揭露黑暗现实的精神，更加赞赏。他的《水谷夜行诗》最后说："苏豪以气轹，举世徒惊骇。梅穷独我知，古货今难卖。"苏舜钦的"超迈横绝"，世人为之惊异，而梅尧臣的"诗穷后工"，是一种只有欧阳修能懂的炉火纯青后的平淡，世人未必真懂。可见，欧阳修事实上，更推苏诗。

十五

吕文穆公未第时①，薄游一县②，胡大监旦方随其父宰是邑③，遇吕甚薄④。客有誉吕曰："吕君工于诗，宜少加礼。"胡问诗之警句，客举一篇，其卒章云："挑尽寒灯梦不成。"⑤胡笑曰："乃是一渴睡汉耳。"吕闻之，甚恨而去。明年，首中甲科⑥，使人寄声语胡曰⑦："渴睡汉状元及第矣。"胡答曰："待我明年第二人及第，输君一筹。"既而次榜亦中首选。

注释

① 吕文穆公：吕蒙正（944—1011），字圣功，洛阳（今属河南）人。北宋政治家。太平兴国二年（977）状元及第，端拱元年（988）始三次为相，后因病辞官，授太子太师，封莱国公。卒赠中书令，谥文穆。

② 薄游：指为薄禄而宦游于外，也指简游。此处指吕蒙正未仕前穷困游走求职。

③ 胡大监旦：胡旦（955—1034），字周父，滨州渤海（今山东惠民）人。太平兴国三年（978）状元。累迁左拾遗，直史馆。太平兴国八年（983），以献《河平颂》，忤太宗意，贬商州团练副使。后因失明，以秘书少监致仕。曾任将作监丞，因称"大监"。将作监，监掌宫室、城郭、桥梁、舟车营

缮等的官署。宰：做邑宰，管辖治理。

　　④ 遇：对待。

　　⑤ "挑尽"句：今《全宋诗》仅存此句。

　　⑥ 甲科：明清科举考试，殿试录取的一、二、三甲进士称甲科，乙科为乡试举人。

　　⑦ 寄声：传话。语胡：语于胡，告诉胡旦。

译文

　　吕蒙正应科考未中时，薄禄宦游于一县城，当时胡旦刚随其父到该县做邑宰，对吕蒙正很冷淡。宾客中有人赞誉吕蒙正说："吕君擅长作诗，应该稍微加以礼遇。"胡旦问吕诗有什么警句，宾客举了一篇，结尾一句"挑尽寒灯梦不成"。胡旦讥嘲道："原来就是个十分想睡觉的人啊。"吕蒙正听说后，非常愤恨地离开了。第二年，吕蒙正中了进士甲科，让人传话告诉胡旦说："渴睡汉状元及第了！"胡旦说："待我下一年以第二人及第，输给你一些。"不久后，他也中了首选。

品读

　　吕蒙正在北宋初年曾三度拜相。但民间却有一句俗语"穷过吕蒙正"，因为吕蒙正未发迹前，穷困异常。吕蒙正出身仕宦家庭，祖父吕梦奇官至户部侍郎，父亲吕龟图官起居郎，因父亲宠爱姬妾，家庭不和睦，竟然将其妻刘氏连同儿子吕蒙正，一并遗弃了。因此，少年时候的吕蒙正，就与母亲漂泊在外，过着清苦的流浪生活。相传他们曾寄居僧寺苦读，因为交不起伙食费，管事的就故意在僧众吃过饭后再敲钟，等他听到钟声赶去吃饭时，饭食早被吃光了,"饭后钟"一语,足以见得他曾经的落魄。然而困窘的生活并没有让少年吕蒙正消沉,反而更加激发了他发奋读书、博取功名的居心和斗志。太平兴国二年(977),吕蒙正中丁丑科进士第一名,授将作监丞,通判升州,后三次登上相位,封许国公,授太子太师。也许正是因为出身仕宦家族,却饱受冷落嘲讽,凭借自己的努力再次走上人生巅峰,所以他看得更为通透,为人宽厚正直,对上遇礼敢言,对下宽容有雅度。《宋史》载宋太宗言:"蒙正气量,我不如。"他走上仕途之后,不记恨父亲早年把自己赶出家门,主动将父亲迎进家门以尽奉养之道。《宋稗类钞》记载,吕蒙正刚被任命为副宰相时,第一天走马上任,听到有人质疑:"这小子也当上参知政事了呀?"吕蒙正装作没听见,走了,与吕蒙正要好的同事要追查此人,吕蒙正急忙制止,面对同事的愤愤不平,吕蒙正则说:"若一知其姓名,则终身不复能忘,固不如弗知矣。"当时的人都佩服他的雅量。此外,民间还流传着很多关于他知人善任、敢说真话、公正廉洁的故事。身居高位而不忘本心,手握重权而严于律己,实属难能可贵。

吕蒙正的诗,现存仅几首,语言浅白,有些竟如同打油诗,如《祭灶诗》之"一碗清汤诗一篇,灶君今日上青天"之类。稍微写得好的,是《行经鸿沟》:

沟中流水已成尘,沟畔荒凉起暮云。

大抵关河须一统,可能天地更平分。

烟横绿野山空在，树倚高原日渐曛。

方凭征鞍思往事，数声风笛马前闻。

诗人将那种战乱后的荒凉，人民渴望统一的热望，都寄托在这几行字中，稍显深刻。

胡旦也是一个才气非凡的人，学识渊博，著述甚丰。少有才学，善于文辞，自信非常，所以面对沉落下僚的吕蒙正，他是恃才傲物的。他在太平兴国三年（978）考中状元，但仕途坎坷，后来双目失明，晚年潦倒，死后竟然无钱安葬，还是他身前好友上报朝廷，朝廷赐钱二十万，才使胡旦入土为安，甚是可悲。二人才气不相上下，但对比二人性格和际遇，不免让人生出"三十年河东，三十年河西"的感慨。

十六

圣俞尝云："诗句义理虽通^①，语涉浅俗而可笑者，亦其病也。如有《赠渔父》一联云：'眼前不见市朝事，耳畔惟闻风水声。'^②说者云：'患肝肾风。'又有《咏诗者》云：'尽日觅不得，有时还自来。'^③本谓诗之好句难得耳，而说者云：'此是人家失却猫儿诗。'^④人皆以为笑也。"

注释

① 义理：道理。《礼·礼器》："义理，礼之文也。"疏："得理合宜，是其文也。"这一则批评了诗歌语言过于俚俗的现象。《后山诗话》："闽士有好诗者，不用陈语常谈。写投梅圣俞，答书曰：'子诗诚工，但未能以故为新，以俗为雅尔。'"

② "眼前"二句：明冯梦龙《古今谭概》："释贯休有《赠渔父》云：'眼前不见市朝事，耳畔惟闻风水声。'梅圣俞曰：'此患肝肾风也。'"但今《全唐诗》贯休无此句。

③ 《咏诗者》：晚唐僧人贯休（832—912）有《诗》："经天纬地物，动必计仙才。几处觅不得，有时还自来。真风含素发，秋色入灵台。吟向霜蟾下，终须神鬼哀。"

④ "此是人家失却猫儿诗"：因猫的记性好，有时走失，往往能自己归来，故以此讥。

译文

梅尧臣曾经说:"诗句虽然道理通畅,但是语言浅俗可笑的,也是缺点。比如《赠渔父》中有一联说:'眼前不见市朝事,耳畔惟闻风水声。'有人说:'父肝脏热而肾脏虚。'有《咏诗者》:'尽日觅不得,有时还自来。'本来是说诗的好句子很难得到,但有人说:'这是有人家走失猫儿的诗。'大家都当作笑谈。"

品读

这一节仍然是摘录梅尧臣的诗论,承接前面所引"诗家虽率意,而造语亦难。若意新语工……"而来。梅尧臣虽然追求"深远闲淡"的审美风味,但他亦讲究锤炼,认为诗是语言的艺术,义理通畅是重要的,但语言也需要精练,富有意蕴。诗歌语言过于浅俗,毫无味道可言,这是不可取的。

贯休,字德隐,俗姓姜,能诗善书,又擅绘画,是唐末五代前蜀画僧、诗僧。他生活在社会秩序混乱、战争连绵的时代,他虽入空门但思想上却并未彻底超脱尘俗,一生热衷政治,广事干谒。不同于其他诗僧追求清苦诗风的特点,贯休的诗具有扎实深厚的现实生活基础,具有鲜明的世俗化特色。他将自己生活的时代,政治的黑暗,人民的苦难,以及自己的理想抱负等,充满热情地一一写进诗里。如《读玄宗幸蜀记》"宋璟姚崇死,中庸遂变移",指涉唐玄宗宠幸佞臣,最终造成马嵬坡的悲剧。又如《闻征四处士》"因知丈夫事,须佐圣明君",虽然是出家人，但仍然渴望建功立业，有着治国平天下的宏伟抱负，这是中国文化中人文精神、人文关怀的具体体现。即使是写景抒情之作，也充溢着世俗生活乐趣。如《春晚书山家屋壁》云："柴门寂寂黍饭馨，山家烟火春雨晴。庭花濛濛水泠泠，小儿啼索树上莺。"田园村舍，炊烟袅袅，一派祥和。

贯休诗歌世俗性明显，风格浅易明白，与他诗歌语言有关。他的诗，大量运用民间语言，吸收民歌民谣中有生命的语言。东坡说它有"村俗之气"，胡应麟说"俚鄙几同俗谚"。梅尧臣这里正是将贯休的诗作为语言"浅俗而可笑"的典型。"眼前不见市朝事，耳畔惟闻风水声"，确实浅白如白话，不过也还算是写出了渔父远离闹市，与风水为伴的生活状况，反而有一种民歌风味。"尽日"二句，出自《诗》：

> 经天纬地物，动必计仙才。
> 几处觅不得，有时还自来。
> 真风含素发，秋色入灵台。
> 吟向霜蟾下，终须神鬼哀。

这首诗体现了贯休对于诗歌的推崇，将诗歌视为"经天纬地"之物，能够惊天地、泣鬼神，需要"仙才"方能作得。"几处"二句，是说诗歌不是想作就作，需要灵感，而灵感是轻盈又调皮的，有时候忽然闪现，豁然开朗，有时候又苦求不得。就"几处"二句来看，确实浅白如打油诗，这也就难怪别人要嘲讽他是"人家走失猫儿的诗"了。

十七

王建《宫词》一百首^①，多言唐宫禁中事，皆史传小说所不载者，往往见于其诗，如"内中数日无呼唤，传得滕王《蛱蝶图》。"^②滕王元婴，高祖子，新、旧《唐书》皆不著其所能，惟《名画录》略言其善画^③，亦不云其工蛱蝶也。又《画断》云^④："工于蛱蝶。"及见于建诗尔。或闻今人家亦有得其图者。唐世一艺之善，如公孙大娘舞剑器^⑤，曹刚弹琵琶^⑥，米嘉荣歌^⑦，皆见于唐贤诗句，遂知名于后世。当时山林田亩，潜德隐行君子，不闻于世者多矣，而贱工末艺得所附托，乃垂于不朽，盖其各有幸不幸也。

注释

① 王建（约767—约830）：字仲初，颍川（今河南许昌）人，唐代诗人。门第低微，从军十三年，四十岁以后，做小吏，沉沦于下僚，晚年为陕州司马，世称"王司马"。他写了大量表现民间疾苦的乐府，与张籍齐名，世称"张王乐府"。又写过宫词百首，在传统的宫怨之外，还广泛地描绘宫中风

物，是研究唐代宫廷生活的重要材料。以《宫词》知名，有《王建诗集》。

②"内中"二句：王建《宫词》之一："避暑昭阳不拂卢，井边含水喷鸦雏。内中数日无呼唤，拓得滕王《蛱蝶图》。"滕王，即唐高祖李渊第二十二子李元婴（630—684），贞观十三年（639）封为滕王，江西南昌滕王阁即为其任洪州都督时所创建。传李元婴首创蝶图，后称"滕派蝶画"。蛱蝶，蝴蝶的一种。实际上善画蝶者乃元婴嗣子湛然，而非元婴本人。

③"惟《名画录》"句：唐朱景玄有《唐朝名画录》，记李元婴"善画"。唐张彦远《历代名画记》记李元婴"亦善画"。

④《画断》：唐张怀瓘著。约成书于开元十三年（725），书中对顾恺之、陆探微、张僧繇等画家进行评鉴，结论较为中肯、切合，是一部较有影响的美术评论书。

⑤ 公孙大娘：唐开元时宫中舞人，善舞剑器，杜甫有诗《观公孙大娘弟子舞剑器行》。

⑥ 曹刚：原为西域昭武曹国人，祖父曹保保、父亲曹善才皆擅弹琵琶。曹刚善弹琵琶，唐代诗人多有咏颂。薛逢诗《听曹刚弹琵琶》："禁曲新翻下玉都，四弦揽触五音殊。不知天上弹多少，金凤衔花尾半无。"再如白居易《听曹刚琵琶兼示重莲》："拨拨弦弦意不同，胡啼番语两玲珑。谁能截得曹刚手，插向重莲衣袖中？"

⑦ 米嘉荣：唐代著名歌唱家，西域米国人。唐诗人刘禹锡有《与歌者米嘉荣》："唱得《凉州》意外声，旧人唯数米嘉荣。近来时世轻先辈，好染髭须事后生。"另有《米嘉荣》一首。

译文

王建《宫词》一百首，多写唐朝深宫禁院的事情，都是史传小说没有记载的，而在他的诗中却经常见到。如"内中数日无呼唤，传得滕王《蛱蝶图》。"滕王李元婴，是高祖的儿子，《旧唐书》《新唐书》中都没有记载他的特长，唯独《名画录》里面略记他擅长绘画，但是也没有说他工于画蛱蝶。又有《画断》说他："擅长画蛱蝶。"以及见于王建诗中。偶然听说如今有人家里也有获得他的蛱蝶图的。唐代那些有一技之长的人，如公孙大娘舞剑、曹刚弹琵琶、米嘉荣擅唱歌，都在唐代贤者的诗句中能见到，于是声名被后世所知。当时的山林田亩之间，有很多藏其德行、隐姓埋名的君子，他们大多数不被世人知晓。而这些人依托于不入流的技艺，却能名垂不朽，大概是各有幸运，也各有不幸吧！

品读

王建的乐府诗，在中唐时期与张籍齐名，号称"张王乐府"。除了乐府诗外，王建尚有《宫词》绝句百首，流传广泛，《唐诗纪事》称其"天下皆诵于口"。宫，即宫闱；宫词，就是专写宫中琐事的诗歌。《宫词》一百首，描述的是唐宫禁苑的生活，尤其是风流天子唐玄宗时期的宫女的生活、思想和情绪。

王建出身寒微，一生沉落下僚，按理说，他是不可能接触到宫内的生活。翁方纲就曾经说过："其诗实多秘记，非当家告语所能悉也。"那么王建的这些"八卦"，又是从何而来？南宋计有功《唐诗纪事》载：《宫词》的材料，来源于宦者王枢密（守澄）。王建为人放浪形骸，任情纵纵，酷爱饮酒，他与唐宪宗时候的宦官王守澄同宗，一天二人饮酒，王建醉中谈起东汉桓帝、灵帝重用宦官，酿成党祸，国破家亡的事。王守澄曾参与谋杀宪宗，从宦官一跃成为枢密，当下就以为王建刻意讽刺他，怒火中烧，就说："你那天下传诵的《宫词》百首，所写的都是宫闱秘事，禁苑深邃森严，你是怎么知道这些事的？莫不是故意捏造来讥谤朝廷的？"王建一时语塞，惴惴不安，第二天给王守澄赠诗一首：

> 三朝行坐镇相随，今上春宫见小时。
> 脱下御衣先赐著，进来龙马每教骑。
> 长承密旨还家少，独奏边机出殿迟。
> 不是当家频向说，九重争得外人知？

诗中写无论是朝堂还是出行，他都是离皇帝最近的人，还时常受密诏，不是他频频向王建述说，王建怎么能知道这九重深宫的许多事情呢？而王守澄自知脱不了干系，又畏惧于王建诗名，遂寝而不发。以《宫词》所叙内容尤其是其中许多细节来看，非熟悉此间情况之人不能道。王建本身对后宫题材感兴趣，又利用王守澄所提供的材料，并发挥想象，在这一史传不载而一般人又无法深入涉及的题材上做了充分开拓，写出了百首《宫词》，确立了自己在诗坛的地位。

"内中"二句，出自"避暑昭阳不掷卢，井边含水喷鸦雏。内中数日无呼唤，拓得滕王《蛱蝶图》"。掷卢，古时赌博的一种，以骰五枚，上黑下白，掷之全黑为卢。这首诗说的是避暑宫中，既听不见赌博的喧闹，也听不见井边逗鸟的嬉笑，后宫中安静了好多天，原来宫女们都在观赏新拓来的滕王《蛱蝶图》。宫女们对滕王《蛱蝶图》的喜爱如此痴迷，竟然数日不游戏、不嬉笑，都沉浸在画里，相当生动地说明了滕王画的艺术成就。

欧阳修说，新、旧《唐书》都没有记载滕王的专长，只有《名画录》载其善画，但没有说他工于蛱蝶，《画断》说其"工于蛱蝶"，这还是根据王建这首诗来的。滕王是谁？滕王就是唐高祖的儿子李元婴，也是王勃千古名作《滕王阁序》所序滕王阁的主人。永徽四年（653），从小在宫廷长大，锦衣玉食，声色畋猎的李元婴，被自己的侄子、唐高宗李治，由苏州贬到洪州（今南昌）。时任洪州都督的李元婴，召集能工巧匠，精选良材，在赣江边建造起一座高九丈、共三层的宏伟楼阁，号为"滕王阁"。为纵情享乐，又造青雀舸。陈文烛《重修滕王阁记》载："工书画，妙音律，喜蝴蝶，选芳渚游，乘青雀舸，极亭榭歌舞之盛。"滕王因为善画蛱蝶，开创了一代画派，画界称为"滕王蝶画"，引来不少诗人吟咏。如唐曹松《滕阁秋风》："莫向画图看蛱蝶，梦来何处问庄周。"罗隐《蝶》："滕王刀笔精，写尔逼天生。"宋宗必经《滕王阁》："当年蛱蝶知谁画，一梦庄周去不还。"陈师道《题明发高轩过图》："滕王蛱蝶江都马，一纸千金不当价。"谢无逸《咏蝶》："当时只羡滕王巧，一段风流画不成。"明汪应轸《登滕王阁》："个中不减麒麟阁，何处能寻蛱蝶图。"清邓式《蛱蝶图》："一卷丹青蛱蝶传，滕王点

缀记当年。"昭裢《黑蝶》:"谱翻别派写滕王,蝉翼
轻翱堕马妆。"如此等等,字里行间,有溢美,也有
对历史沧桑的回想。

　　谈及此处,欧阳修不禁感慨,唐代百年之盛,
慷慨向上,气度浑融,后世不可比,其中如滕王这
样,工于一艺的,数不胜数。如杜甫《观公孙大娘
弟子舞剑器行》、薛逢《听曹刚弹琵琶》、白居易
《听曹刚琵琶兼示重莲》、刘禹锡《与歌者米嘉荣》
等,皆凭借着诗人的神来之笔,将碍于时代和技术,
本无法流传的艺术,以文字的形式,传神地记录下
来,使之在后世获得了不朽之名。欧阳修这里称这
些音乐绘画艺术为"贱工末艺",显然带着时代的偏
见。当然,对于宋代士大夫来说,他们尚且不能承
认词作为文学的正式地位,又怎么会在意这些所谓
的艺术呢?如果谈到接受,他们最多也只接受古琴
作为文人雅士修身养性的重要性,但这也是在赋予
古琴这种乐器相当多的"束缚"的条件之下,谈到
打谱流传,他们大概仍然是不屑一顾的。后一句
"潜德隐行君子,不闻于世者多矣",大概才是他的
真实意思。欧阳修感慨,那些真正有德行,却出世
在野的君子,明明是更加应该褒扬传颂的,结果却
不如这些所谓有一技之长却不知德行几何的人更为
后世所知,这令作为文坛领袖的欧阳修很是唏嘘懊
恼。然而实际上,在唐朝那样一个享有盛誉的盛世
中,开放融合是它最大的特点,这些积极的因素是
人们更加关心的,这样的盛世,是难以创造出第二
个"陶渊明"的。

十八

李白《戏杜甫》云："借问别来太瘦生，总为从前作诗苦。"① "太瘦生"，唐人语也，至今犹以"生"为语助，如"作麽生"、"何似生"之类是也②。陶尚书榖尝曰③："尖檐帽子卑凡厮，短勒靴儿末厥兵。"④ "末厥"，亦当时语。余天圣、景祐间已闻此句，时去陶公尚未远，人皆莫晓其义。王原叔博学多闻⑤，见称于世，最为多识前言者，亦云不知为何说也。第记之⑥，必有知者耳。

注释

① 《戏杜甫》：即《戏赠杜甫》："饭颗山头逢杜甫，顶戴笠子日卓午。借问别来太瘦生，总为从前作诗苦。"

② 作麽生：怎么样，做什么。何似生：如何，似什么。

③ 陶尚书榖（gǔ）：陶榖（903—970），字秀实，邠州新平（今陕西彬县）人。本姓唐，避后晋高祖石敬瑭讳而改姓陶。后晋时始做官，宋时官至礼部、刑部、户部尚书，卒后赠尚书右仆射。工诗文，善隶书，著有《清异录》等。

④ 末厥：宋初俗语。谓卑劣，卑贱。

⑤ 王原叔：王洙（997—1057），字原叔，历任国子监直

讲、知制诰、侍读学士兼侍讲等职，官至尚书吏部郎中。少聪颖，博文强记，遍览方技、术数、阴阳、五行、音韵、训诂、书法，几乎无所不通。著有《言象外传》《昌元集》等。

⑥ 第：仅，只是。

译文

李白的《戏杜甫》诗说："借问别来太瘦生，总为从前作诗苦。""太瘦生"，是唐代人的话语，到今天，仍然有以"生"作为语气助词的词，如"作麼生""何似生"这一类的。陶毂曾经说："尖檐帽子卑凡厮，短勒靴儿末厥兵。""末厥"，也是当时的语言。我在天圣、景祐年间已经听说过这句，当时距陶公的时代并不远，而大家都不知道这句话的含义。王洙博学多闻，被世人称道，是对前人言论最了解的人，也说不知道这句话说的是什么。仅记在这里，一定有知道的人。

品读

欧阳修此处讲的，是方言口语入诗的现象。方言俗语之"俗"，不是粗俗，而是民俗，是一个时代一个地区风土人情的反映，带有强烈的时代或者地方色彩。明人费经虞《雅伦》云："诗中用时俗字，独宜于新声。如宫词、谣谚、燕歌、吴歌、柳枝、竹枝之类。"古人明明有一套诗歌语言，却仍然吸收这些民间语言入诗，自然也是有自己的审美判断。

方言俗语的巧妙运用，往往能够使得诗歌更加本色。如韩愈《此日足可惜赠张籍》诗："百里不逢人，角角雄雉鸣。"唐人李廓《鸡鸣曲》："星稀月没上五更，胶胶角角鸡初鸣。"古人认为"角"音谷，正是模仿鸡的叫声。再如柳宗元《渔翁》中的名句：
"烟销日出不见人，欸乃一声山水绿。"写烟消日出，
绿水青山顿现原貌，忽闻橹桨"欸乃"一声，原来
人虽不见，却只在山水之中。用"欸乃"这一俗语
摹写摇橹声，尤为悦耳怡情，山水似乎也为之绿得
更为可爱了。后人评说此诗有"奇趣"，因为它写出
了一个清寥得有几分神秘的境界，隐隐传达出作者
那既孤高又不免孤寂的心境。再如于濆《戍客南归》
诗云：

> 北别黄榆塞，南归白云乡。
> 孤舟下彭蠡，楚月沈沧浪。
> 为子惜功业，满身刀箭疮。
> 莫渡汨罗水，回君忠孝肠。

"忠孝"一词是俗见之字，很少用于近体诗。可
是于濆能用在这里，是因为有汨罗的环境，谁也不
会怀疑屈原的忠心。

经历了盛唐，那个几乎将所有的好字好句好诗
都写完了的时代，当后人再去翻动案头卷册，几乎
很难找出新意。宋释惠洪《冷斋夜话》云："句法欲
老健有英气，其间用方俗言为妙，如奇男子行人群
中，自然有颖脱不可干之韵。"所以，在原有的体系
内达不到突破的时候，以方言俗语入诗，未必不是
一种方法。如元稹《日高睡》诗："隔是身如梦，频
来不为名。"白居易《听夜筝有感》诗："江州去日
听筝夜，白发新生不愿闻。"顾况《露青竹杖歌》

诗:"市头格是无人别,江海贱臣不拘纼。""格"是当时口语,用起来有强调的作用。"格是"就是"已是"的意思。"个"是代表数目的俗语,杜甫屡次使用,如"峡口惊猿闻一个""两个黄鹂鸣翠柳""却绕井边添个个"。"谁家",在唐代俗语中是"什么"义,表示轻蔑或不满的语气。如杜甫《青丝》:"青丝白马谁家子,粗豪且逐风尘起。"李白《金陵歌送别范宜》:"白马小儿谁家子,泰清之岁来关囚。"不用常规语用俗语,如异军突起。

除此之外,还有如袁枚所说:"异域方言,採之入诗,足补舆地志之缺。"如宋代陈造《房陵》:"阴晴未敢捲簾看,苦雾濛濛鼻为酸。政使病余刚制酒,一杯要敌涝朝寒。"作者自注:"晨起雾久乃开,土人目曰'涝朝'。""涝朝"是宋代房县方言。这对于方言的保存也有一定的意义。

然而,由于时代的变迁,或者地域的阻隔,方言在一定时段,或者一个区域,传播起来毫无障碍,可是超越了范围,就存在理解上的误区。欧阳修这里所举的两个例子,即是时代变迁导致方言变化所造成的诗歌理解上的问题。李白"借问别来太瘦生,总为从前作诗苦"。唐人以"生"作助词,如今仍然这样用,所以能够理解这句话是李白调侃杜甫:分别以来你好瘦啊,是总为作诗辛苦的吧?而另外一首"尖檐帽子卑凡厮,短勒靴儿末厥兵"就没有那么好理解了,即使是博学多识的王原叔,也说不出所以然来。关于"末厥",宋刘邠《中山诗话》云:"今人呼秃尾狗为厥尾,衣之短后者亦曰厥。故欧公记陶尚书诗语'末厥兵'，则此兵正谓末贼尔。"魏元旷《蕉庵诗话》云："与'卑凡'相例可知。"则"末厥"，大概是卑劣、龌龊的意思。

中国古代的诗文创作中，是以雅言为贵，方言俚语大多不被看重。宋代人开始对方言有了一些零散的研究。在宋人的认知中，方言于文献有征，可能是古汉语的遗存，而方言多是通语的讹变，有纠正的必要。宋代还有方言专书如王浩《方言》十四卷、王资深《方言》二十卷、吴良辅《方言释音》一卷等等。欧阳修此条末尾交代了记录缘由，李白《戏杜甫》诗中"太瘦生"一语，连精通前人语言的王原叔都不解其意，记下来，以待后人知之者。这种揭示诗文中方言现象的研究，是宋人方言研究所特有的，无论是宋以前，还是宋以后，绝少有人注意到这些。此类材料，多见于宋代笔记，如《侯鲭录》卷八："金陵人谓中酒曰酒恶，则知李后主诗云'酒恶时拈花蕊嗅'，用乡人语也。"又如《慈湖诗传》卷一九："'鼓咽咽，醉言舞。'注：'燕群臣有乐，故鼓。咽咽，鼓音也，本渊渊，方音讹而为咽，随方音。'"这些材料，虽然零星片语，但也是珍贵的史料。欧阳修所代表的宋人，对诗文中方言的重视和记载，对于今天的汉语方言史、方言学史的研究，有着重要意义。

十九

诗人贪求好句，而理有不通，亦语病也。如"袖中谏草朝天去，头上宫花侍宴归"①，诚为佳句矣，但进谏必以章疏，无直用稿草之理。唐人有云："姑苏台下寒山寺，半夜钟声到客船。"②说者亦云，句则佳矣，其如三更不是打钟时③！如贾岛《哭僧》云："写留行道影，焚却坐禅身。"④时谓烧杀活和尚，此尤可笑也。若"步随青山影，坐学白塔骨"⑤，又"独行潭底影，数息树边身"⑥，皆岛诗，何精粗顿异也？

注释

① "袖中"二句：《诗话总龟》引《雅言系述》曰："王操字正美，江左人。太平兴国上《南郊赋》，授太子洗马。……李相国昉，自延安入觐，见诗爱之，后《赠相国》云：'袖中谏草朝天去，头上宫花侍宴归。'"今《全宋诗》载王操《上李昉相公》："弱冠登龙入粉闱，少年清贵古来稀。袖中诏草朝天去，头上宫花侍宴归。卓笔玉堂寒漏迥，捲帘池馆水禽飞。三台位近犹多逊，闲听秋霖忆翠微。"谏草，进谏奏疏的草稿，须经誊正，才能送呈皇帝。这是很普通的常识。如杜甫诗"避人焚谏草"（《晚出左掖》），皮日休诗"谏草应

尊前拟把归期说。未语春容先惨咽。

人生自是有情痴，此恨不关风与月。

离歌且莫翻新阕，一曲能教肠寸结。

直须看尽洛城花，始共春风容易别。

欧阳修（宋）　玉楼春

焚禁漏中"等都是例证。但诗人为了与"宫花侍宴"对仗，写成"谏草朝天"，便成了语病。

②"姑苏"二句：出自唐人张继《枫桥夜泊》，原诗："月落乌啼霜满天，江枫渔火对愁眠。姑苏城外寒山寺，夜半钟声到客船。"

③三更不是打钟时：《石林诗话》《庚溪诗话》《潜溪诗眼》等诗话多引唐人及唐以前诗文，加以辩证，则认为欧阳修失考。

④《哭僧》：即《哭柏岩和尚》："苔覆石床新，师曾占几春。写留行道影，焚却坐禅身。塔院关松雪，经房锁隙尘。自嫌双泪下，不是解空人。"

⑤"步随"二句：贾岛《赠智朗禅师》："上人分明见，玉兔潭底没。上人光惨貌，古来恨峭发。涕辞孔颜庙，笑访禅寂室。步随青山影，坐学白塔骨。解听无弄琴，不礼有身佛。欲问师何之，忽与我相别。率赋赠远言，言惭非子曰。"

⑥"独行"二句：贾岛《送无可上人》："圭峰雾色新，送此草堂人。麈尾同离寺，蛩鸣暂别亲。独行潭底影，数息树边身。终有烟霞约，天台作近邻。"

译文

诗人过分追求好句子，导致道理不通，也是语病。如"袖中谏草朝天去，头上宫花侍宴归"的确是佳句，但进谏一定是经过誊录的章疏，没有直接用草稿的。唐代有人说："姑苏台下寒山寺，半夜钟声到客船。"评论者也说，句子是佳句，但三更不是敲钟的时候。如贾岛《哭僧》诗云："写留行道影，焚却坐禅身。"当时讥为烧杀活和尚，尤其可笑。如"步随青山影，坐学白塔骨"，又如"独行潭底影，数息树边身"，都是贾岛的诗句，为什么会一下子就分出了精致和粗糙呢？

品读

我们现在所见到的诗歌，不管是"诗言志"所代表的现实主义诗歌，还是与"诗缘情"有关的浪漫主义诗歌，都是以文字的形式记载下来的。然而诗歌在产生之初，与音乐和舞蹈有着密不可分的关系。《墨子·公孟》云："诵诗三百，弦诗三百，歌诗三百，舞诗三百。"上古时候的《诗经》，是可以歌唱，可以伴舞的。到汉乐府，诗歌仍然还保持着歌唱的特质，但这种特征已经明显削弱，很多诗歌已经难以演唱。到魏晋时期，进入文学自觉的时代，由文人创作的诗歌，已基本脱离了音乐性。沈约将周颙在《四声切韵》中提出的平上去入四声，同传统的诗赋音韵知识相结合，制定了诗歌创作的"八病"：平头、上尾、蜂腰、鹤膝、大韵、小韵、旁纽、正纽，对于诗歌格律做了严格的要求。因此，写诗变成了一种优化的"填字游戏"，有些诗作能够达到内容意义和音韵格律的完美统一，这是佳作，而另外一些，往往因为要偕律，不惜破坏诗歌的意义。诗人一味贪求好句子，而导致诗歌文意不通，这也是诗歌应该避忌的语病。

"袖中"二句，出自王操《上李昉相公》：

> 弱冠登龙入粉闱，少年清贵古来稀。
> 袖中诏草朝天去，头上宫花侍宴归。
> 卓笔玉堂寒漏迥，捲帘池馆水禽飞。

三台位近犹多逊，闲听秋霖忆翠微。

这首诗是称颂李昉尽职尽责、权重荣宠。"袖中"二句，说的是李昉袖中带着昨夜写成的进谏的手稿去朝见天子，陪着君王宴饮一番，头戴宫花而归。欧阳修指出，此句虽然好，但"进谏必以章疏，无直用稿草之理"。自古以来，大臣进言，皆先具奏疏，谏官将谏辞誊写在朝廷派发的专用"谏纸"上，正式密封以上奏，称为"谏书"。这样的"谏书"，才有资格呈递到皇帝的手中。而起草这份"谏书"的底稿，就是谏草。按照规定，谏草应该被烧掉，唐诗中有很多"焚谏草"或"焚草"的诗句，如最具代表性的杜甫《晚出左掖》：

昼刻传呼浅，春旗簇仗齐。
退朝花底散，归院柳边迷。
楼雪融城湿，宫云去殿低。
避人焚谏草，骑马欲鸡栖。

"归院"，是指隶属于中书省和门下省的谏官，退朝后要回到自己所属之省。在"归院"之前，要在宫中指定的地方"焚谏草"，又因为谏官较多，为了"避人"，需要等待较长的时间，故而离开时已到了"欲鸡栖"的时候了。可见，谏草是需要"避人"毁灭的，根本不可能以此来朝见天子，诗人为了与"宫花侍宴"对仗，硬写成"谏草朝天"，便成了语病。

"姑苏"二句，出自张继《枫桥夜泊》，勾勒了月落乌啼、霜天寒夜、江枫渔火、孤舟客子等意象，创造出一个月夜凄清迷蒙的意境，加上景的层次，物的移动，时序的变迁，声响的烘托，诗人心底的羁旅愁思、家国之忧充分地表现出来。诗虽小，却情景浑融，为千古绝唱，奠定了张继在唐诗史上的地位。枫桥、寒山寺，也因此诗的广泛流传成为游览胜地。欧阳修则称"三更不是打钟时"，最早怀疑苏州无夜半钟声。欧阳修的质疑，一石激起千层浪，一时大家的眼光都放在了究竟有没有夜半钟声上来。叶梦得《石林诗话》云："余居吴下"，"今吴中山寺实以半夜打钟"，而"公（指欧阳修）未尝至吴"。陈正敏《遁斋闲览》云："尝过姑苏，宿一寺，夜半闻钟，因问寺僧，皆曰：'分夜钟，曷足怪乎？'寻闻他寺皆然，始知半夜钟唯姑苏有之。"陈岩肖《庚溪诗话》："然余昔官姑苏，每三鼓尽，四鼓初，即诸寺钟皆鸣，想自唐时已然也。后观于鹄诗云：'定知别后家中伴，遥听维山半夜钟。'白乐天云：'新秋松影下，半夜钟声后。'温庭筠云：'悠然旅榜频回首，无复松窗半夜钟。'则前人言之，不独张继也。"这些本身是苏州人或者亲耳听到过夜半鸣钟的记载，似乎已经可以证明张继没有因辞害意。明代胡应麟《诗薮》又云："张继'夜半钟声到客船'，谈者纷纷，皆为昔人愚弄。诗流借景立言，惟在声律之调，兴象之合，区区事实，彼岂暇计？"这首诗本来是一首夜行记事的诗，随手写来，形象所致，没有必要执着于辨别究竟是否有夜半钟声。诗中的重点在于，以凄清之景，来渲染身处乱世尚无归宿的无处排遣的愁绪。

贾岛以苦吟著称。他的《哭僧》云：

> 苔覆石床新，师曾占几春。
> 写留行道影，焚却坐禅身。
> 塔院关松雪，经房锁隙尘。
> 自嫌双泪下，不是解空人。

贾岛早年在柏岩寺出家，跟随柏岩明哲禅师习禅道，这首诗正是作于禅师圆寂后。人去院空，睹物思人，却又惭愧自己不能参透佛理。"写留"两句，本来是写禅师写作，希望将自己的道行传播下去，虔诚地焚香直到圆寂。但"焚却"却被误解为焚掉正在坐禅的柏岩禅师。

"步随青山影，坐学白塔骨"，出自《赠智朗禅师》，是说智朗禅师步履沉稳，如同青山追随着太阳而移动的影子，坐姿挺拔稳健，像白塔骨架那般矗立。"独行潭底影，数息树边身"，出自《送无可上人》，也是一首赠别僧人的诗，写出上人的清淡孤高。此联追忆僧人无可独自从潭边走过，身影倒映在潭底，常常在树边停下，稍微休息。欧阳修认为"焚却"联是以辞害意，而这两联对仗工整，清新生动，所以会感叹"精粗顿异"。

二十

松江新作长桥①，制度宏丽，前世所未有。苏子美《新桥对月》诗所谓"云头滟滟开金饼，水面沉沉卧彩虹"者是也②。时谓此桥非此句雄伟不能称也。子美兄舜元③，字才翁，诗亦遒劲多佳句，而世独罕传。其与子美紫阁寺联句④，无愧韩、孟也⑤，恨不得尽见之耳。

注释

① 松江：即江苏吴江。宋仁宗庆历年间建长桥，上设垂虹亭。

②《新桥对月》：即《中秋松江新桥对月和柳令之作》："月晃长江上下同，画桥横绝冷光中。云头滟滟开金饼，水面沉沉卧彩虹。佛氏解为银色界，仙家多住玉华宫。地雄景胜言不尽，但欲追随乘晓风。"金饼，比喻月亮。

③ 舜元：苏舜元（1006—1054），字才翁，北宋开封府（治今河南开封）人，官至尚书度支员外郎、三司度支判官。为人精悍，任气节，歌诗亦豪健，尤擅草书。著有《塞垣近事》《才翁集》等。

④ 紫阁寺：得名于紫阁山紫阁峰，或名"宝林寺"。紫阁峰为终南名山，在陕西户县境内。联句，古代作诗的方式之一，即由两人或多人共作一诗，联结成篇。

⑤ 韩、孟：韩愈、孟郊。韩愈（768—824），字退之，河阳（今河南孟州）人。唐代杰出的文学家。与柳宗元倡导古文运动，主张"文以明道"，复古崇儒，排斥佛老，摒弃六朝以来的浮艳文风，反对骈文，主张学习先秦两汉的"古文"，对文体、文风的变革起了重要作用。在诗歌创作上，崇尚雄奇怪异，提倡"以文为诗"，成就也很高。有《韩昌黎集》。韩孟是中唐以"奇诡"和"矫激"著称的两家，唐人有"孟诗韩笔"之称，指一诗一文。至梅尧臣始以韩孟诗并称，其《读蟠桃诗寄子美永叔》："韩孟于文词，两雄力相当。偶以怪自戏，作诗惊有唐。"

译文

松江上新建一座长桥，规模宏大壮丽，前世所未有。就是苏舜钦《新桥对月》所说的"云头滟滟开金饼，水面沉沉卧彩虹"。当时的人说，这座桥的雄伟，没有这句诗就表现不出来。苏舜钦的哥哥苏舜元，字子翁，诗也写得遒劲有力，有不少佳句，却不流传于世。他和苏舜钦在紫阁寺联句，不比韩愈、孟郊差，恨不能都能见到。

品读

水乡江南，自古就是文人骚客流连忘返的场所，大概正如韦庄所云："人人尽说江南好，游人只合江南老。春水碧于天，画船听雨眠。"水多，船多，桥也多。太湖支流塘河之上，曾经飞架着中国历史上最长、桥洞最多的第一长桥——利往桥，俗称"长桥"。为方便路人歇息，桥之两块分别建有"汇泽""底定"两座凉亭，桥中心也构亭其上，名曰垂虹。登亭四望，万景在目，"环如半月，长若垂虹"，世人遂以"垂虹"名桥。

苏舜钦于庆历八年（1048）中秋节和柳氏县官而作的《新桥对月》，即是咏这座"江南第一长桥"。诗云：

> 月晃长江上下同，画桥横绝冷光中。
> 云头滟滟开金饼，水面沉沉卧彩虹。
> 佛氏解为银色界，仙家多住玉华宫。
> 地雄景胜言不尽，但欲追随乘晓风。

月上中天，江水东流，荡起丝丝涟漪，月光揉碎在这粼粼波光中，上下同辉。水面上，长桥横跨在这清冷的月光之中。云天之际，涌现出灿烂如金的圆月，沉沉水面，横卧着壮丽如虹的长桥。佛经中说这是银白地，仙家将他看作玉华宫。这雄伟的土地、秀丽的景色，是言语不能道尽的，只想追着乘着清晨的拂面微风。诗中写松江新桥的中秋月色，雄浑壮丽，晶莹剔透，音律顿挫，意味蕴藉，涵咏着诗人洒脱放旷的心境。方回《瀛奎律髓》称："此篇古今绝唱，秋、月、色成三绝。"欧阳修也说："时谓此桥非此句雄伟不能称也。"虽然是溢美之词，但在诸多咏垂虹桥的诗作中，这一篇确实堪称佳品。

苏舜元，字才翁，一字叔才。在当时与其弟苏舜钦齐名，欧阳修《苏才翁挽诗》云："文章家世事，名誉弟名贤。"王安石《苏才翁挽词》云："翰墨随谈啸，风流在弟兄。"宋史说他"为人精悍，任气节"，欧阳修挽诗中也称"平生风义见交情"，王安石挽辞说他"壮志负平生"，黄庭坚《题苏才翁草书壁后》亦云"高材傲世人"。在世人眼中，苏舜元是一个慷慨任气、胸怀抱负的人。据蔡襄《苏才翁墓志铭》称苏舜元"七岁能诗歌"，王旦"爱且奇之，奏授同学究出身"。天禧、天圣年间，苏舜元与弟弟苏舜钦从穆修习古文，文章写得很有风度，蔡襄《墓志铭》称其为文"不迹故陈，自为高古。虽所不与者亦不能掩也"，黄庭坚称"二苏文章，豪健痛快"。其诗也得到不少好评，如梅尧臣称其"高才飞健鹘，逸句吐明珠"（《度支苏才翁挽词三首》），刘敞日则说"词学泊天伦"（《度支苏员外才翁挽歌二首》），张耒《明道杂志》称其"诗有嘉句，子美亦不逮也"，晁公武称其"诗歌章豪丽"（《文献通考》），强至则更为夸张地说"恨无佳句敌才翁"（《依韵和正老暮秋郊行感事》），足可见当时苏舜元的诗，在主流文人圈内，也有着一定的影响。然其所传甚少，故欧阳修《挽诗》感叹"零落篇章为世宝"。景祐二年（1035），父苏耆亡，至长安，与弟苏舜钦、苏舜宾守丧，作了不少联句。其中便有欧阳修所称赏的《紫阁联句》，周孚《谒苏才翁墓而归》亦称"伤心紫阁飞扬老，千载茫茫只断碑"，也将此诗视为苏舜元代表作。联句由景到人，再写景，又写人，一气呵成，情景交融，确实写得豪健雄浑。

二十一

晏元献公文章擅天下[①]，尤善为诗，而多称引后进[②]，一时名士往往出其门。圣俞平生所作诗多矣，然公独爱其两联，云："寒鱼犹着底，白鹭已飞前。"[③] 又"絮暖鮆鱼繁，露添莼菜紫。"[④] 余尝于圣俞家见公自书手简，再三称赏此二联。余疑而问之，圣俞曰："此非我之极致，岂公偶自得意于其间乎？" 乃知自古文士不独知己难得，而知人亦难也。

注释

① 晏元献公：晏殊（991—1055），字同叔。抚州临川（今属江西）人。十四岁以神童入试，赐同进士出身，除秘书省正字。累官至集贤殿学士、同中书门下平章事兼枢密使。封临淄公，谥号"元献"，世称晏元献。以知人著称，名臣范仲淹、韩琦、富弼皆出其门。工诗词，尤擅小令。诗属西昆体，词袭南唐余风，为宋初一大家。有《珠玉词》及清人所辑《晏元献遗文》。

② 称引：推举引荐。称，举。引，荐。

③ "寒鱼"二句：《和仲文西湖野步至新堰》："决决堰根水，层层湖上田。寒鱼犹着底，白鹭已飞前。"

④ "絮暖"二句：出自《送王判官之江阴军幕》。今《全

宋诗》为:"往时初渡江,颇爱江南美。谁知坐卧间,思及烟波里。絮逐紫鱼繁,豉添莼线紫。君行语风物,到日应相似。"

译文

晏殊是天下长于作文章的人,尤其擅长作诗,又能够称举推荐后进之才,一时之间,名士往往出于他的门下。梅尧臣生平所作的诗很多,但晏殊最爱其中两联:"寒鱼犹着底,白鹭已飞前"和"絮暖鮆鱼繁,露添莼菜紫"。我曾经在梅圣俞家看见晏公亲手写的书信,再三称赞这两联。我感到疑惑,问原因,圣俞回答说:"这并不是我写得最好的诗,难道是晏公在其中获得了自己独特的感受吗?"我才知道,自古文士,不单单是知己难得,想要知人,也是很难的。

品读

说到北宋宰相晏殊,我们恐怕最先想起来的还是他那珠圆玉润、风格俊美的词作。晏殊的词,吸收了南唐"花间派"和冯延巳的典雅流丽词风,开创了北宋婉约词风,被称为"北宋倚声家之初祖"。既有"无可奈何花落去,似曾相识燕归来"那样悼惜残春,感伤年华的清丽自然,意蕴深沉,也有"昨夜西风凋碧树,独上高楼,望尽天涯路"那样承接离恨,望眼欲穿的情致深婉,广远蕴涵。然而宋人虽善作词,但却不以词为登堂之作,而将之看作一种业余消遣之乐,所以词又叫"诗余"。

在北宋人眼中,晏殊是以文名世的。欧阳修《宋史·晏殊传》说他入仕"遂登馆阁,掌书命,以文章为天下所宗"。十四五岁的晏殊刚刚踏入文坛时，正值杨亿领导的西昆体大盛，晏殊也受其影响，前期文风近承杨亿，效仿李商隐，文风典雅富丽。至后期，晏殊转而学习韩愈、柳宗元，尤其是柳宗元的文章，文风一变而为清新流丽。除了文章之外，晏殊还"尤善为诗"，宋祁《笔记》载"晏相国，今世之工为诗者也"，《宋史》中说他"文章赡丽，应用不穷，尤工诗，闲雅有情思"。由于身份背景原因，晏殊的诗歌有一种天然的富贵气象，旁人更是赠予"富贵闲人"的雅号，在这种富贵之下，又追求恬淡素雅，因此自有一种娴静雅致，却又蕴涵思致。如名句"梨花院落溶溶月，柳絮池塘淡淡风"，意象清雅，优美平和，却又有种怅然若失的情绪。晏殊作诗崇尚白描，追求一种平易自然、情真意切的风格，但同时也受杜甫影响，注重诗句的锤炼、推敲，注重语言的表现力。

这样一个身居高位，精通诗词文章的"太平宰相"，以朝廷重臣和文坛耆宿的身份，广泛延揽文人隽士，热情提掖后进和推引人才，因而"一时名士，多出其门"，在众多的杰出文人中拥有很高的声望。范仲淹、欧阳修、宋祁、富弼、韩琦、王安石、梅尧臣等人都受过他的举荐或奖掖。北宋人才辈出，与名臣宰辅荐人之风盛行密切相关，而晏殊是首开北宋荐才风气的第一人。欧阳修所载这则趣事，即是说晏殊独独喜欢梅尧臣"寒鱼犹着底，白鹭已飞前"和"絮暖鹐鱼繁，露添莼菜紫"两联，并且在写给梅尧臣的书信中，再三称赏，可这两句却并不是梅尧臣的代表作。

"寒鱼"一联，出自《和仲文西湖野步至新堰》：

> 决决堰根水，层层湖上田。
> 寒鱼犹着底，白鹭已飞前。

缓缓流着的堰塘水，湖面上层层叠叠的水田，在水底游动的鱼儿，飞走的白鹭，好一派恬淡的秋日湖景，水、田、水中鱼、田间鹭，色调平和，而"寒鱼"二字又给诗句添上了一丝丝的清苦意味，多了几分雅致。

"絮暖"二句，出自《送王判官之江阴军幕》：

> 往时初渡江，颇爱江南美。
> 谁知坐卧间，思及烟波里。
> 絮逐鲦鱼繁，豉添莼线紫。
> 君行语风物，到日应相似。

"那年我初次渡江，就颇爱这江南。时常在闲暇时，想念江南鲜美的水产。我怀念柳絮飘舞时长江刀鱼的肥嫩丰盈，也忘不了太湖莼菜的清纯鲜美。我将这些缠绕着我的记忆告诉你，相信王判官你到任后也会跟我产生同样的感觉。"题为送别，却既不诉离殇，也不说勉励，只是用质朴的语言表达出对江南的赞美和思念，这在送别诗中还是比较特别的。"絮逐"二句着眼点在水乡之水上，柳絮与鲦鱼本是平常之物，但加一"逐"字，画面立即就生动了起来，境界全出。这样一派春日水乡田园的风景，怎能不让人思念呢？梅诗追求质朴平淡，注重诗歌的形象性、意境含蓄，这两句不仅意象组合自然，也注意字句锤炼，虽然质朴，却有一种雅致在其中。晏殊欣赏的正是这两句质朴却又雅淡的特点。梅尧臣却不以为然，他追求的是一种炉火纯青的平淡，是一种看起来质朴实则很有张力的句子。因此他说："岂公偶自得意于其间乎？"读者的鉴赏，明显带有主观意识的审美参与，或联想，或再创造，因而与诗人的创作想象乃至创作意图，不可能完全吻合，有时候甚至差距很大。晏殊根据自己的诗歌理论，认为梅尧臣这两联最好，再三称赏，而梅尧臣却并不为此两联得意，即是此意。

二十二

　　杨大年与钱①、刘数公唱和②，自《西昆集》出，时人争效之，诗体一变。而先生老辈患其多用故事③，至于语僻难晓，殊不知自是学者之弊。如子仪《新蝉》云④："风来玉宇乌先转，露下金茎鹤未知。"虽用故事，何害为佳句也。又如"峭帆横渡官桥柳，叠鼓惊飞海岸鸥"。⑤其不用故事，又岂不佳乎？盖其雄文博学，笔力有余，故无施而不可，非如前世号诗人者，区区于风云草木之类，为许洞所困者也。

注释

　　① 杨大年：即杨亿，字大年，北宋文学家、诗歌作家。

　　② 钱、刘：西昆诗派代表人物钱惟演、刘筠。钱惟演（977—1034），字希圣，杭州临安（今属浙江）人。吴越忠懿王钱俶次子。在文学创作上颇有建树，为"西昆体"骨干诗人。他喜招徕文士，奖掖后进。晚年为西京留守时，对欧阳修、梅尧臣等人颇有提携之恩。所著今存《家王故事》《金坡遗事》。刘筠，字子仪，大名（今属河北）人。

　　③ 故事：典故。

　　④《新蝉》：即《馆中新蝉》。

⑤"峭帆"二句：此联现最早可查于欧阳修此处，今本《全宋诗》卷一二二录为杨亿句，其中"惊"字作"警"字。峭帆，耸立的船帆。叠鼓，指击鼓声。

译文

杨亿曾与钱惟演、刘筠等数人诗酒唱和，自从《西昆集》问世，当时的人都争相效仿，诗风为之一变。而先生老辈则忧虑西昆体多用典故，以至于语言冷僻难懂，却不知道这本来就是学者的弊病。如刘筠《新蝉》说："风来玉宇乌先转，露下金茎鹤未知。"虽然用了典故，但并不妨碍它成为佳句。又如："峭帆横渡官桥柳，叠鼓惊飞海岸鸥。"没有用典故，难道就不是佳句了吗？他们文学功底雄厚，笔力强健，挥洒有余，因此无论诗中用不用典故，都能写出佳句。并非如前代所谓诗人，在风云草木之类上用力，成为被许洞所困住的那一类人。

品读

在宋初追求平易流畅的白体诗流于鄙俗化，追求苦吟晚唐体陷入气格卑弱之时，以杨亿、刘筠为代表的追求藻饰、多用故事的西昆体出现，给死气沉沉的宋初诗坛注入了新鲜的活力。与白体、晚唐体相比，西昆体堂庑大，气象宽，思致深，往往能就一事一题兼虚实而涵古今，因而，在宋初引起了一股争相模仿的热潮，西昆体占据了当时诗坛的半壁江山，诗风为之一变。而杨亿、刘筠这些人，都是很有学识修养的人，又是借修书之机吟咏酬唱，接触的也都是浩瀚的书海，因此，想让他们不用典故，恐怕都不太可能。但是这一点也是当时和后代深为诟病的一点，认为他们片面追求李商隐对仗工整、用事缜密的风格，造成了写出来的诗缺乏真情实感，徒有华丽外表而缺乏内在气韵，尤其是那些模仿不成功的，更是雕缋满眼而支离破碎。因而一些先生老辈反对西昆体用典过密，而事实上，这是学者都会有的弊病，并不仅仅存在于西昆体诗人身上。

刘筠《馆中新蝉》云：

> 庭中嘉树发华滋，可要螳螂共此时。
> 翼薄乍舒宫女鬓，蜕轻全解羽人尸。
> 风来玉宇乌先转，露下金茎鹤未知。
> 日永声长兼夜思，肯容潘岳到秋悲。

此诗句句用典。"嘉树"，出自《左传·昭公二年》："既享，宴于季氏，有嘉树焉，宣子誉之。""庭中嘉树发华滋"，出于《古诗十九首》名句"庭中有奇树，绿叶发华滋"。"可要"句，典出《吕氏春秋》，蝉登上高树，自以为安全，却不知螳螂"超枝缘条，曳腰耸距而稷其形"。"翼薄"句，典出晋崔豹《古今注》，魏文帝宫人琼树制蝉鬓，缥缈如蝉翼。"蜕轻"句，出自《楚辞·远游》："仍羽人于丹丘兮，留不死之旧乡。"洪兴祖补注云："羽人，飞仙也。"《抱朴子·论仙》云："下士先死后蜕，谓之尸解仙。""风来"句，南朝刘铄《拟明月何皎皎》云："玉宇来清风，罗帐延秋月。"又《西京杂记》

载："长安灵台有相风铜乌，有千里风则动。"相风铜乌，是测风向的铜制鸟形仪器。"露下"句，班固《西都赋》云："抗仙掌以承露，擢双立之金茎。"李善注："金茎，铜柱也。"又晋周处《风土记》云："鹤性警，至八月白露降，流于草叶上，滴滴有声，即高鸣相警，徙所宿处。""日永"句，晋郭璞《夏诗》："闲宇静无娱，端坐愁日永。"又南朝孔稚珪《白马篇》云："山虚弓响彻，地迥角声长。"又晋潘岳《杨氏七哀诗》云："昼愁奄逮昏，夜思忽终昔。""肯容"句，潘岳《秋兴赋》云："善乎宋玉之言曰：'悲哉秋之为气也。'"全篇由写蝉而写宫女，到直接点明潘岳秋悲，将对秋天的感怀写得深峭宛转，又触动人心。"风来玉宇乌先转，露下金茎鹤未知。"风起玉宇，相风铜乌随着它的频率旋转，露水滴在铜柱上，警惕的鹤却没有察觉到，将宫女那种空虚无聊、虚度光阴的怅惘表现得颇为真实。全句对仗工整，表现力强，虽然用典，但仍然不失为佳句。

"耸帆横渡官桥柳，叠鼓惊飞海岸鸥。"《全宋诗》录为杨亿的诗句，其中"惊"字作"警"字。耸立的船帆横渡官桥，两岸的柳树快速向后退去，那层层叠叠的击鼓声，响声震天，惊飞了海岸边的鸥鸟。全句不用典，但"横渡""惊飞"两个词语，使得诗句具有了动态，营造了紧张的画面感。据"耸帆""叠鼓"可推测，这句大概是写龙舟比赛。全句对仗工整，却又充满张力，很好地把龙舟比赛那种热闹又激动的场面呈现出来，因此也是佳句。

这两句，同出西昆体作者之手，一用典，一不用典，但丝毫不影响它们作为佳句的存在。欧阳修在这里提出的，其实是学识与诗歌的问题。这两个人都是学识渊博之人，但文学功底雄厚，所以笔力强健，挥洒有余，无论用典与否都能写出好的句子。而九僧等人，沉迷苦吟，诗歌意象单一，气格卑弱，稍微一限制，就显示出他们的功力不足，因此会被许洞难住。欧阳修并非褒扬西昆体，而是认为学识应该是作诗的基础，有了博学作底，才能够更好地驾驭文字，从而使语言与意义达到高度融合，创造出好的意境，好的诗作。

二十三

西洛故都，荒台废沼，遗迹依然，见于诗者多矣。惟钱文僖公一联最为警绝[①]，云："日上故陵烟漠漠，春归空苑水潺潺。"裴晋公绿野堂在午桥南[②]，往时尝属张仆射齐贤家[③]，仆射罢相归洛，日与宾客吟宴于其间，惟郑工部文宝一联最为警绝[④]，云："水暖凫鹥行哺子，溪深桃李卧开花。"人谓不减王维[⑤]、杜甫也。钱诗好句尤多，而郑句不惟当时人莫及[⑥]，虽其集中自及此者亦少。

注释

① 钱文僖公：即钱惟演。

② 裴晋公绿野堂在午桥南：裴度（765—839），字中立，河东闻喜（今山西闻喜）人。唐朝名相，封晋国公。晚年辞官，退居洛阳。《裴氏世谱》："裴晋公午桥庄、绿野堂俱在东都，湖园则在故里。"绿野堂是裴度午桥别墅中的堂名。东都、西洛皆指洛阳。

③ 张仆射齐贤：张齐贤（942—1014），字师亮，曹州冤句（今山东菏泽）人。徙居洛阳，宋代著名政治家。宋太祖时，以布衣陈十策。太平兴国二年（977），进士及第。曾任

兵部尚书、吏部尚书等，前后为相二十一年。仆射，尚书省长官。

④ 郑工部文宝：郑文宝（953—1013），字仲贤，一字伯玉，汀洲宁化（今属福建）人，太平兴国八年（983）进士。初事李煜，累官校书郎。入宋，补广文馆生，累官兵部员外郎。文宝能诗，善篆书，又工鼓琴。有《江表传》《南唐近事》等。

⑤ 王维（701—761）：字摩诘，号摩诘居士，太原祁（今山西祁县）人，迁居河东蒲州（今山西运城）。开元九年（721）登进士第。王维参禅悟理，学庄信道，多才多艺，诗、书、画、乐无不精通，其诗众体兼善，尤长五言，多咏山水田园，与孟浩然合称"王孟"，有"诗佛"之称。书画特臻其妙，后人推其为南宗山水画之祖。苏轼评价其："味摩诘之诗，诗中有画；观摩诘之画，画中有诗。"有《王维集》十卷。

⑥ 不惟：不但，不仅。

译文

故都西京洛阳，荒凉的亭台，废弃的池沼，遗迹依然，诗中多有写到。唯独钱惟演的一联最为警策绝伦，说的是："日上故陵烟漠漠，春归空苑水潺潺。"唐代晋国公裴度的绿野堂在午桥南边，过去曾经是属于张齐贤仆射家的，张仆射被罢免宰相后，回到洛阳，成天与宾客在堂间吟咏，唯独工部员外郎郑文宝的一联最警策绝伦，说的是"水暖凫鹥行哺子，溪深桃李卧开花"，大家都说这两句不比王维、杜甫的诗差。钱惟演的诗有很多好句子，而郑文宝的这句，不仅当事人比不上，即使他自己的诗集中，也难找出能比得上这句的。

品读

据《宋史》载，钱惟演在宋初，因为"急于柄

用，阿附希进"而人品不佳，甚至被寇准等人斥为
"佞人"。因此，后人因其德行问题，对他文学上的
成就也关注甚少。事实上，钱惟演的诗文创作，在
当时也是卓有成就的，他和杨亿、刘筠一起，成为
西昆体的骨干力量。《宋会要辑稿》说他"幼名敏
惠，长工属文"，《宋史·钱惟演传》称其"博学能
文辞"且"于书无所不读"，故而"敏思清才，著称
当时"。钱惟演官至工部尚书，和后来的晏殊一样，
也喜欢招徕文士，奖掖后进。晚年留守西京，对欧
阳修、梅尧臣等人颇有提携之恩。

以《西昆酬唱集》为界，钱惟演收入集中和散
见的诗作，呈现出两种不同的风格特点。收入集中
的作品，重典故借代、辞藻修饰，是典型的西昆之
风，却比杨亿、刘筠二人更加善于把握诗歌的整体
氛围。又善于发掘景物清净雅致的一面，呈现出清
雅缠绵的风貌。如《荷花》：

> 水阔雨萧萧，风微影自摇。
> 徐娘羞半面，楚女妒纤腰。
> 别恨抛深浦，遗香逐画桡。
> 华灯连雾夕，钿合映霞朝。
> 泪有鲛人见，魂须宋玉招。
> 凌波终未渡，疑待鹊为桥。

那些在《西昆酬唱集》之外的诗歌，呈现出不
同的艺术风貌，尤其是留守西京长居洛阳之后，受
到洛阳文人集团，尤其是与后来的文坛名将梅尧臣、

欧阳修等相互唱和的影响，钱惟演的诗歌开始向"清雅朴实"转变。此时段的钱惟演，开始注重吟咏情怀，不再过分追求艺术修饰，用朴实无华的语言，去还原自然景色和真挚情感，整体上更加自然流畅。

"日上故陵烟漠漠，春归空苑水潺潺"一联，是《西洛怀古》的残句，属于钱惟演长居洛阳时候的作品。故园已经是一片荒台废沼，太阳升起时，只有荒烟漠漠，从前繁盛的园林，如今空无一物，春天又到了，却不闻人声，只剩下水流潺潺。全诗表现出来的清雅之气，又有一层伤感，那是真挚的情感。而一个"空"字，包含了作者所有的怅惘情绪。读来清新有致，情韵倍增。其艺术效果已然与错彩镂金的西昆体彻底拉开了距离。胡应麟《诗薮》赞此联近唐句。

郑文宝由南唐入宋，文采卓然，著述颇丰。现今流传下来的郑文宝诗作，大多是唱和、赠友等诗歌。但他曾经浸润在江南浓郁的文化氛围和诗歌传统中，再加上他的才思带来创作风格上得天独厚的交融和发挥，郑文宝在五代宋初文坛上广受名家赞许，有"能诗"的美誉。他眼光独到，力推杜诗，不仅在创作上多有模仿，还自己汇编、刊印杜诗并作序，对杜诗的早期流传有不可忽视的贡献。郑文宝才思敏捷，细腻敏感，又加上江南地域的影响，他的摹景之作带有明显江南地域所特有的景致和韵味，清新雅致，耐人寻味。如"四簷山色消繁暑，一局棋所下翠微"（《郢城新亭》）。也有不少诗是发前人所未发的理性和思辨，如"只见开元无事久，

不知贞观用功深"。然而作为一个亲历晚期南唐文坛
的士人，郑文宝的诗歌在文字的细腻敏感背后总撇
不开的是闲适中带有的乱世焦虑，欢喜间散不去的
离丧隐忧，显得多愁善感，弱质宛转。如《爽约》：

吟绕虚廊更向阑，绣窗灯影背栏干。
燕栖莺宿无人语，一夜萧萧细雨寒。

诗中的愁绪似乎是不经意间吟出，但意思精巧，
颇具匠心。

"水暖凫鹥行哺子，溪深桃李卧开花。"春天刚
到，冬天里刺骨的寒冷褪去，水也慢慢暖回来了，
河边已经有水鸟在喂食幼鸟了，溪水流深，一树树
桃李卧在水边，竞相开放。水鸟边走边投食喂子，
春天的卷轴似乎随着它们的脚步在慢慢打开，而一
个"卧"字，则使得境界全出，不仅突出了水边桃
李争奇斗艳，更为画面增添了几分灵动。语言平淡，
却又清丽婉约。所以欧阳修盛赞此句不减王维、杜
甫闲适诗的风趣，不仅当时的人很难写出这样的诗
句，即使在郑文宝自己的诗中，也很难找出这样的
佳句来，以为绝唱。

候馆梅残，溪桥柳细，草薰风暖摇征辔。

离愁渐远渐无穷，迢迢不断如春水。

欧阳修（宋） 踏莎行

二十四

闽人有谢伯初者①，字景山，当天圣、景祐之间②，以诗知名。余谪夷陵时③，景山方为许州法曹④，以长韵见寄⑤，颇多佳句，有云："长官衫色江波绿，学士文华蜀锦张。"余答云："参军春思乱如云，白发题诗愁送春。"⑥盖景山诗有"多情未老已白发，野思到春如乱云"之句，故余以此戏之也。景山诗颇多，如"自种黄花添野景，旋移高竹听秋声"⑦，"园林换叶梅初熟，池馆无人燕学飞"之类，皆无愧于唐诸贤。而仕宦不偶⑧，终以困穷而卒。其诗今已不见于世，其家亦流落不知所在⑨。其寄余诗逮今三十五年矣⑩，余犹能诵之。盖其人不幸既可哀，其诗沦弃亦可惜，因录于此。诗曰："江流无险似瞿塘，满峡猿声断旅肠。万里可堪人谪宦，经年应合鬓成霜。长官衫色江波绿，学士文华蜀锦张。异域化为儒雅俗，远民争识校雠郎⑪。才如梦得多为累⑫，情似安仁久悼亡⑬。下国难留金马客⑭，新诗传与竹枝娘。典词悬待修青史，谏草当来集皂囊⑮。莫谓明时暂迁谪，便将缨足濯沧浪⑯。"

注释

① 谢伯初：字景山，泉州晋江（今属福建）人，生卒年不详。仁宗天圣二年（1024）登进士甲科，尝官许州（今河南许昌）法曹。与欧阳修交游。著有《谢伯初诗》一卷，今不存。

② 天圣、景祐：天圣（1024—1032）、景祐（1034—1038）皆宋仁宗年号。

③ 夷陵：在今湖北宜昌。

④ 法曹：职官名，掌刑法诉讼。唐宋的制度在府称法曹参军事，在州称法曹司法参军事，在县称司法。一指掌司法的官署。

⑤ 长韵：排律，律诗的一种，由于按照一般律诗的格式加以铺排延长而成，故称排律，又叫长律。

⑥ "余答云"句：欧阳修写了《春日西湖寄谢法曹歌》作答。

⑦ "自种"二句：《许昌公宇书怀呈欧阳永叔韩子华王介甫》："十年趋竞浪求荣，因得闲曹减宦情。乱种黄花看野景，旋移高竹听秋声。驱驰贱事犹干禄，约勒清狂为近名。早晚持竿钓鲈鳜，双溪烟雨一舟横。"

⑧ 不偶：即不遇。此处言仕途不顺遂。偶，遇。

⑨ 家：家眷。

⑩ 逮今：至今。

⑪ 校雠：校对书籍。欧阳修被贬官前任馆阁校勘。

⑫ 梦得：刘禹锡（772—842），字梦得，洛阳（今河南洛阳）人。唐代中晚期著名文学家，也是一位唯物主义思想

的哲学家，著有三篇《天论》。诗歌各体均擅，七言尤工，风格清新自然，白居易称之为"诗豪"。有《刘宾客集》。

⑬ 安仁：潘岳（247—300），字安仁，中牟（今属河南）人。曾任河阳令，因自负其才，郁郁不得志，后趋炎附势，其母曾讥之。擅写抒情和哀悼文章，虽笔意细致却不含蓄。

⑭ 金马客：指东方朔（前154—前93），字曼倩，平原厌次（今山东惠民）人。武帝即位，征四方人士，他上书自荐，诏拜为郎，后任常侍郎、太中大夫等职位。善词赋，言辞敏捷，滑稽多智，玩世不恭。因其曾做过金马门待诏，故称其为"金马客"。金马，金马门，汉代官署名。

⑮ 皂囊：黑色的锦囊，用于盛装秘密的奏章、信函。

⑯ "便将"句：语出《楚辞·渔父》："沧浪之水清兮，可以濯吾缨；沧浪之水浊兮，可以濯吾足。"

译文

福建有个人叫谢伯初，字景山，在天圣、景祐年间，以诗歌闻名。我被贬谪夷陵时，景山正为许州法曹，寄给我一首长韵，有很多佳句，有一句是："长官衫色江波绿，学士文华蜀锦张。"我答道："参军春思乱如云，白发题诗愁送春。"因为景山诗有"多情未老已白发，野思到春如乱云"的句子，我写这一句跟他开个玩笑。景山有很多诗，如"自种黄花添野景，旋移高竹听秋声"，"园林换叶梅初熟，池馆无人燕学飞"之类，都不愧于唐代诸贤。可是仕途不顺遂，终因贫困交加而死去。如今世上已经看不到他的诗了，他的家眷也流落天涯，不知在哪里了。他赠予我的诗，距今已经三十五年了，我仍然能够背诵。他的遭际不幸，让人悲哀，他的诗歌被弃，使人可惜，所以把这首诗记录在此。诗云："江流无险似瞿塘，满峡猿声断旅肠。万里可堪人谪宦，经年应合鬓成霜。长官衫色江波绿，学士文华蜀锦张。异域化为儒雅俗，远民争识校雠郎。才如梦得多为累，情似安仁久悼亡。下国难留金马客，新诗传与竹枝娘。典词悬待修青史，谏草当来集皂囊。莫谓明时暂迁谪，便将缨足濯沧浪。"

品读

天圣七年（1029），时年二十三岁的欧阳修来到京师汴梁（今河南开封），与当时已经是进士的谢伯初相识。二人一见如故，同游京城。第二年，欧阳修考中甲科进士，顺利进入仕途。景祐三年（1036），为支持范仲淹新政改革，得罪权贵，被贬为夷陵（今湖北宜昌）县令。次年，时任许州法曹的谢伯初再次与欧阳修寄赠往来。据《六一居士集》载，谢伯初的母亲好学，通晓经书，"自教其子"，欧阳修对此很是赞赏："乃知景山出于瓯闽数千里之外，负其艺于大众之中，一贾而售，遂以名知于人者，系其母之贤也。"集中还记载谢伯初曾经将自己妹妹希孟的诗作给欧阳修看，欧阳修大为赞赏："希孟之言，尤隐约深厚，守礼而不自放，有古幽闲淑女之风，非特妇人之能言者也。"并且为希孟因为女儿身而不能彰显于世而唏嘘不已。

谢伯初的诗文不为后人所知，欧阳修深为惋惜。谢伯初的诗文，不属于当时诗坛的三大主流白体、晚唐体、西昆体中的任何一派，却将学习的眼光向前溯至杜甫、韩愈。欧阳修《谢氏诗序》称："景山学杜甫、杜牧之文，以雄健高逸自喜。"

景祐四年（1037），在许州法曹任上的谢伯初寄赠给欧阳修一方古瓦砚，并附寄诗《走笔寄夷陵欧阳永叔》。头四句借景抒发贬谪之苦，说再没有像瞿塘峡这样险要的江流了，满峡谷都充斥着令人肠断的猿鸣，一朝被贬万里之外，两鬓渐渐染上了白霜。足见路途艰辛。中间笔锋宕开，夸赞欧阳修才华横溢，万民爱戴。先实写学士才华，犹如锦绣，到这异域之地，受万民仰慕。接着以刘禹锡、潘岳作比，刘禹锡诗文俱佳，有"诗豪"之称，因支持政治革新而屡遭贬谪，这和欧阳修此刻的处境非常相似。潘岳则是西晋著名文学家，《晋书》称"潘才如江"，他悼念亡妻的《悼亡诗》，情真意切，感人肺腑。"既然你是才如梦得、情似潘安的人，虽然现在在夷陵这个穷山恶水的地方，但这偏僻遮掩不住你的才情，歌女会将你的诗传唱出去，你的典雅言辞会被写进青史，即使是你上奏的谏草，也会装满皂囊。"末句"莫谓明时暂迁谪，便将缨足濯沧浪"引用了《楚辞·渔父》所记民歌"沧浪之水清兮，可以濯吾缨。沧浪之水浊兮，可以濯吾足"的典故，勉励欧阳修应该逆水行舟，发愤图强。全诗对仗工整，情景交融，引经据典，文情并茂，堪称佳作。又因其情感真挚，所以一首三十五年前的诗，欧阳修仍然能够背诵出来，对谢伯初诗歌的湮没无闻感到慨叹，因此特别记载出来。

欧阳修为此专门写诗作答，这就是《春日西湖寄谢法曹歌》：

西湖春色归，春水绿于染。

群芳烂不收，东风落如糁。

参军春思乱如云，白发题诗愁送春。

遥知湖上一樽酒，能忆天涯万里人。

万里思春尚有情，忽逢春至客心惊。

雪消门外千山绿，花发江边二月晴。

少年把酒逢春色，今日逢春头已白。

异乡物态与人殊，惟有东风旧相识。

诗歌前半部分写景，含蓄地表达了对谢伯初寄诗安慰自己的感激之情，后半部分借写夷陵春色，抒发了贬谪他乡，又见春天，反而更有一种落寞之感的情怀。欧阳修在文中提到"参军春思乱如云，白发题诗愁送春"这一句，是因为谢伯初有一句诗是"多情未老已白发，野思到春如乱云"。谢诗此联流露出来的是对岁月流逝的感慨，百感交集如云絮纷呈。初识之时，少年春色，如今同落天涯，再逢春时头已白发。古人在寄赠吟咏中，常常引用对方的诗句，这也是一种增进感情的方式。

前言谢伯初不学白居易，也不学李商隐，而宗杜甫、韩愈、杜牧，这几位大诗人的创作，都是现实主义传统一路，今天所见谢伯初诗文不多，无法窥其全貌。但就欧阳修这里所列举的，还是能略知一二。《走笔寄夷陵欧阳永叔》这首诗，就非常注意词语的选择，意境的营造，以及情景交融等，能看得出来谢伯初在诗歌写作方面，确实琢磨过艺术技巧。谢伯初诗文又被称为"雄健"，从欧阳修所举诗句来看，杜牧那些意境清新秀丽，神态高朗洒脱，笔锋豪健挺拔的诗歌，对谢伯初应该产生过一定影响。如"自种黄花添野景，旋移高竹听秋声""园林换叶梅初熟，池馆无人燕学飞"，吟咏花丛竹林，飞燕绿水，色彩斑斓，意境清新，读来令人耳目一新。可惜他仕途不顺，沉落下僚，过完一生，连那些清雅高逸的诗篇，也随着一抔黄土，散落天涯。可惜，可叹！

二十五

石曼卿自少以诗酒豪放自得①，其气貌伟然，诗格奇峭②，又工于书，笔画遒劲，体兼颜、柳③，为世所珍。余家尝得南唐后主澄心堂纸④，曼卿为余以此纸书其《筹笔驿诗》。诗，曼卿平生所自爱者，至今藏之，号为三绝，真余家宝也。曼卿卒后，其故人有见之者，云恍惚如梦中，言我今为鬼仙也，所主芙蓉城，欲呼故人往游，不得，怂然骑一素骡飞⑤。其后又云，降于亳州一举子家，又呼举子去，不得，因留诗一篇与之。余亦略记其一联云："莺声不逐春光老，花影长随日脚流。"神仙事怪不可知，其诗颇类曼卿平生语，举子不能道也。

注释

① 石曼卿：石延年（994—1040），字曼卿，一字安仁，别号葆老子，祖居幽州（今北京一带），后迁宋城（今河南商丘）。官至大理寺丞。文辞劲健，尤工诗，书法亦遒劲，甚为欧阳修所推重。有《石曼卿诗集》行世。

② 奇峭：雄奇。

③ 颜、柳：唐代书法家颜真卿、柳公权。颜真卿（709—785），字清臣，京兆万年（今陕西西安）人。书法精妙，擅长行、楷，正楷端庄雄伟，行书气势遒劲，创"颜体"楷书，对后世影响很大。与赵孟頫、柳公权、欧阳询并称为"楷书四大家"。又与柳公权并称"颜柳"，被称为"颜筋柳骨"。又善诗文，宋人辑有《颜鲁公集》。柳公权（778—865），字诚悬，京兆华原（今属陕西铜川）人。元和年间进士，官至太子少师。初学王羲之，得力于颜真卿、欧阳询。骨力遒健，结构劲紧，自成一家。人称"柳体"。

④ 澄心堂纸：《徽州府志》记载，黟、歙（今安徽黄山所辖二县）间多良纸，有凝霜、澄心之号，后者长达五十尺为幅，自首至尾匀薄如一。南唐后主李煜对澄心纸倍加推崇，建堂收藏，故名"澄心堂纸"。

⑤ 素骡：白骡，或未加鞍辔的骡子。

译文

石延年自年轻时候起，就纵情诗酒，豪放自得。他的气貌伟岸，诗风雄奇，又工于书法，笔法遒劲，颜体、柳体兼而有之，被世人所珍视。我家曾经获得南唐后主的澄心堂纸，石曼卿为我在这张纸上书写了他的《筹笔驿诗》。这首诗，是曼卿平生所喜爱的，我至今仍然收藏着，称为三绝，这真的是我家的宝贝。曼卿死后，他的老朋友看见他，恍惚是在梦中，曼卿说自己现在是鬼仙了，主管芙蓉城，想要叫上几个老朋友一起游玩，却不能，于是愤愤然骑着一匹白骡，飞一般地离开了。后来又说，降落在亳州一个举子家里，又喊举子一起出游，又没成，于是就留了一篇诗给他。我约略记得其中有一联是："莺声不逐春光老，花影长随日脚流。"神仙的事情怪异，不得而知，这首诗跟曼卿生平所作的诗风格颇为相似，举子不能说明白。

品读

石延年，字曼卿，才华独标当世，欧阳修《归田录》称其"知名当世，气雄貌伟"，《事实类苑》说他是"磊落奇才"。然而，石曼卿的一生，坎坷不平，诗书兼善，却三举落第，政治有为，却沉落下僚。他的一生，是悲情的，却又是充满传奇色彩的。

石曼卿嗜酒，《梦溪笔谈》载石曼卿曾经和刘潜在王氏酒楼豪饮，终日不语，大家都以为他仙去了。《书墁录》载石曼卿任海州通判时，刘潜来访，终夜与之饮酒，有"囚饮""巢饮""鹤饮""鬼饮"各种花样，以至于没有酒了，还要就着醋和酒一起喝，一直到醋也喝完为止。《铁围山丛谈》载，一次石曼卿喝醉酒，躺在大庆殿上，被仁宗皇帝撞了个正着。《孔平仲谈苑》载石曼卿在海州时，公然卖私盐，还起了个名字叫"学士盐"。石曼卿还是一个谈吐幽默的人，据《冷斋夜话》载，一次出游报宁寺，由于马夫疏忽，导致马受惊，石曼卿被摔下马来，许多看热闹的人以为他一定会大骂马夫，不料他只是指着马夫说："亏得我是石学士，要是瓦学士，还不摔得粉碎？"这些记载，确实可见其豪放不羁、慷慨磊落的性格。《孙公谈圃》载石曼卿在海州时种了满山谷的桃花，可见，他也是个"心有猛虎，细嗅蔷薇"的人。又《湘山野录》载：石曼卿明道元年（1032）卒，死后数日，其最好的朋友张生梦见曼卿骑着青驴，对他说自己现在是鬼仙，现在要召唤他跟他一起走。张生以母亲老了需要照顾为由推辞，曼卿很生气，骑着驴子就走了。回过头对张生说："你太坏，我召唤你，你居然不从，我去找范讽与我同行。"过了数日，范讽果然死了。这个故事，大概就是欧阳修所举"芙蓉城主"的故事。

石曼卿在天圣宝元间，以歌诗豪于一时。在宋初文坛上，以"奇峭"（《六一诗话》）、"雄豪"（《朱子语类》）独树一帜。石曼卿存诗甚少，从《全宋诗》辑存的四十余首诗中，并未能识得全貌，但仍然能领略其诗鲜明的艺术特色。他的一些写景诗篇中，不乏雄壮遒丽之作。如《瀑布》："玉虹垂地色，银汉落天声。"声色兼备，动静结合，写出了瀑布飞流直下的气势。又如《送人游杭》："五湖载酒期吴客，六代成诗倍楚桥。"则是作者洒脱性格的写照，自有一种诗酒风流、豪放飘逸的气度情怀。又如《金乡张氏园亭》："乐意相关禽对语，生香不断树交花。"移情入物，情物交融，细腻又含蓄，历来为人激赏。再如欧阳修这里所提到的"莺声不逐春光老，花影长随日脚流"，也是清丽可爱。石曼卿诗，擅长咏物。如《古松》："影摇千尺龙蛇动，声撼半天风雨寒。"极力描绘古松龙蛇飞动，影摇千尺，其声势似狂风暴雨，震撼半空的形态，真惊心动魄！他的咏史、咏怀诗，则直抒胸臆，充满着英雄气概和报国情怀。如《南朝》："南朝人物尽清贤，不事风流即放言。三百年间却堪笑，绝无人可定中原。"借南朝无人能收复中原，来表达对士人的不满和对国事的忧虑。不过，石曼卿的诗已经开始显露宋人以文为诗、以议论为诗的弊病，如《偶成》一首，通篇议论，枯燥无味。总的来说，石曼卿的诗歌，具有雄奇豪纵的特点，他同欧阳修、梅尧臣和苏舜钦一起，为开创宋诗新风貌做出了卓越贡献。

《筹笔驿诗》云：

汉室亏皇象，乾坤未即宁。奸臣与逆子，摇岳复翻溟。
权表分江域，曹袁斗夏坰。虎奔咸逐逐，龙卧独冥冥。
从众非无术，欺孤乃不经。惟思恢正道，直起复炎灵。
管乐韬方略，关徐骇观听。一言俄逆至，三顾已忘形。
南既清蛮土，东期赤魏廷。出师功自著，治国志谁铭。
历劫兵如水，临秦策若瓴。举声将溃虏，横势欲逾泾。
仲达耻巾帼，辛毗严壁扃。可烦亲细务，遽见堕长星。
战地悲陵谷，来贤赏德刑。意中流水远，愁外旧山青。
想像音徽在，侵寻毛骨醒。迟留慕英气，沉欢抚青萍。

这首诗是石曼卿的代表作，咏诸葛亮。仅仅一百八十字，就将诸葛亮忠心赤胆辅助刘备父子复兴汉室的皇皇功业，鲜活地展现出来，同时也对他"出师未捷身先死"的悲剧命运，慨叹不已。叙事简练、生动，运笔跳脱灵活，抒情则酣畅淋漓，又能将叙事、议论、抒情融为一体，读来令人荡气回肠。刘克庄《后村诗话》评价此诗"词翰俱妙，人所传颂"。

石曼卿除了工诗善文之外，还有一个身份，在当时，他是与蔡襄齐名的书法家。石曼卿嗜酒如命，经常喝得酩酊大醉。朱长文载，有一次他坐船去龟山寺游玩，喝醉酒后乘兴"卷毡而书，一挥而就"，雄逸的字体让在座的人目瞪口呆，即使是善于书法的人经过累月构思而写的字，也比不上他这件用毛毡即兴挥就的作品。《书林纪事》评价称"正书入妙品，尤喜题壁，不择纸笔，自然雄逸"。苏东坡也由衷地叹道："曼卿大字，越大越奇！"范仲淹也曾赞道："曼卿之笔，颜筋柳骨，散落人间，实为神物。""颜"指颜真卿，"柳"即柳公权，二人都是唐代著名书法家，颜真卿书法用笔肥厚粗拙，劲健洒脱，柳公权则棱角分明，以骨力遒健著称。"颜筋柳骨"是说颜、柳两家书法挺健有力。这句话本来是评石曼卿书法上的造诣和声望，但"颜筋柳骨"这个评论却不胫而走。石曼卿为人磊落英才，书法又有如此造诣，可惜英年早逝，传世作品不多。南宋时有人称："曼卿词墨妙一世，片语只字，流落人间者，率宝藏过珠璧。"我们今天能见到的唯一的石曼卿传世书法作品，是桂林石刻《饯叶道卿题名》，原本为绢本，宋祁收藏，赵思曾在造访宋府时临摹副本，后来赵思得知原件已不存，特地将副本寄至桂林，托付广西经略安抚使朱晞颜刻于桂林石崖，这才使得这件传世妙品能够流传千年。

石曼卿手书的《筹笔驿诗》，用的是澄心堂纸。古代文人自己造纸的典故很多，东汉有佐伯造纸，梁时有张永造纸，唐代有名噪一时的薛涛笺。相传李后主酷爱书画，精擅翰墨，但南唐处在五代十国的风雨飘摇之中，造纸业很受影响，而后主又是一个对书画用纸情有独钟的人，为求得理想的书画用纸，广搜造纸名匠，亲自督造，研制出柔韧细腻、光滑吸墨的纸，并以南唐皇宫的一座便殿澄心堂为名，将之命名为澄心堂纸。南唐灭亡后，澄心堂纸被宋统治者接收，后来部分流入文人、书画家之手。宋人对"物"有着浓厚兴趣，因此对于这慕名已久的名纸，都是喜不自禁，有写诗题咏的，也有将之作为重礼馈赠的。北宋甚至还仿制了南唐"澄心堂纸"，称"宋仿澄心堂纸"，足见其名声之大。北宋刘贡父曾得到澄心堂纸一百幅，写诗礼赞："当时百金售一幅，澄心堂中千万轴。"并送给欧阳修十幅，欧阳修亦云："君家虽有澄心纸，有敢下笔知谁哉?"欧阳修又抽出两幅赠予梅尧臣，梅尧臣也欣然赋诗："滑如春冰密如茧，把玩惊喜心徘徊。"宋人的这种审美情趣，非常有意思。

有着"颜筋柳骨"美誉的书法大家石曼卿，在北宋文人趋之若鹜的珍贵的南唐后主所制澄心堂纸上，洋洋洒洒，书写了自己的代表作《筹笔驿诗》，堪称完美组合。因此，欧阳修号为"三绝"，视若宝贝。

二十六

王建《霓裳词》云："弟子部中留一色，听风听水作《霓裳》。"①《霓裳曲》，今教坊尚能作其声②，其舞则废而不传矣。人间又有《望瀛洲》、《献仙音》二曲③，云此其遗声也。《霓裳曲》，前世传记论说颇详，不知"听风听水"为何事也？白乐天有《霓裳歌》甚详④，亦无"风水"之说，第记之，或有遗亡者尔⑤。

注释

① "弟子"二句：王建《霓裳词》十首之一："弟子部中留一色，听风听水作《霓裳》。散声未足重来授，直到床前见上皇。"

② 教坊：唐高祖始于禁中置内教坊，掌教习音乐，武则天后改为云韶府，玄宗开元二年（714）又于蓬莱宫侧置内教坊，京都置左右教坊，掌俳优杂技，教习俗乐；宋、金、元各代亦置教坊，明置教坊司。

③《望瀛洲》、《献仙音》：曲名。明人胡震亨《唐音癸签》载唐明皇"制法曲四十余"，《望瀛洲》《献仙音》二曲即在其中。

④《霓裳歌》：即《霓裳羽衣歌》：我昔元和侍宪皇，曾陪内宴宴昭阳。千歌万舞不可数，就中最爱霓裳舞。舞时寒

食春风天，玉钩栏下香案前。案前舞者颜如玉，不著人间俗
衣服。虹裳霞帔步摇冠，钿璎累累佩珊珊。娉婷似不任罗绮，
顾听乐悬行复止。磬箫筝笛递相挽，击恢弹吹声逦迤。散序
六奏未动衣，阳台宿云慵不飞。中序擘騞初入拍，秋竹竿裂
春冰坼。飘然转旋回雪轻，嫣然纵送游龙惊。小垂手后柳无
力，斜曳裾时云欲生。烟蛾敛略不胜态，风袖低昂如有情。
上元点鬟招萼绿，王母挥袂别飞琼。繁音急节十二遍，跳珠
撼玉何铿铮！翔鸾舞了却收翅，唳鹤曲终长引声。当时乍见
惊心目，凝视谛听殊未足。一落人间八九年，耳冷不曾闻此
曲。溢城但听山魈语，巴峡唯闻杜鹃哭。移领钱塘第二年，
始有心情问丝竹。玲珑箜篌谢好筝，陈宠觱栗沈平笙。清弦
脆管纤纤手，教得霓裳一曲成。虚白亭前湖水畔，前后祗应
三度按。便除庶子抛却来，闻道如今各星散。今年五月至苏
州，朝钟暮角催白头。贪看案牍常侵夜，不听笙歌直到秋。
秋来无事多闲闷，忽忆霓裳无处问。闻君部内多乐徒，问有
霓裳舞者无？答云七县十万户，无人知有霓裳舞。唯寄长歌
与我来，题作霓裳羽衣谱。四幅花笺碧间红，霓裳实录在其
中。千姿万状分明见，恰与昭阳舞者同。眼前仿佛覩形质，
昔日今朝想如一。疑从魂梦呼召来，似着丹青图写出。我爱
霓裳君合知，发于歌咏形于诗。君不见，我歌云：惊破霓裳
羽衣曲。又不见，我诗云：曲爱霓裳未拍时。由来能事皆有
主，杨氏创声君造谱。君言此舞难得人，须是倾城可怜女。
吴妖小玉飞作烟，越艳西施化为土。娇花巧笑久寂寥，娃馆
苎萝空处所。如君所言诚有是，君试从容听我语。若求国色
始翻传，但恐人间废此舞。妍媸优劣宁相远，大都只在人抬
举。李娟张态君莫嫌，亦拟随宜且教取。

　　⑤遗亡：遗漏。

译文

王建的《霓裳词》说："弟子部中留一色，听风听水作

《霓裳》。"如今的教坊，尚能谱《霓裳曲》的声音，但是霓裳舞却废弃而不流传了。民间又有《望瀛洲》《献仙音》两首曲子，说这是《霓裳曲》流传下来的音乐。前世传记对于《霓裳曲》论说颇为详细，不知道"听风听水"指的是什么事？白乐天有《霓裳歌》，记载很详细，也没有"风水"之说。仅记在这里，或许有散佚的。

品读

唐玄宗李隆基，因其谥号至道大圣大明孝皇帝，世称唐明皇。唐玄宗是中国历史上唯一一位爱好音乐又能亲自作曲的皇帝。他精通多种丝竹乐器，善于即兴作曲。这位多才多艺的风流才子，不仅在前代的基础上，将唐帝国带上繁荣昌盛的顶峰，他和杨贵妃的浪漫故事，也成为文人骚客争相取材的对象。

《霓裳羽衣曲》是唐代大曲中的法曲精品，唐歌舞集大成之作，也是燕乐的代表作，是中原音乐对少数民族音乐吸收接纳的典范。《霓裳羽衣曲》描绘的是唐玄宗向往神仙而去月宫见到仙女的神话故事。关于其创作来源，历来众说纷纭。一说是由西凉节度使杨敬述进献的《婆罗门》曲改名而成，一说是唐玄宗在三乡驿望女儿山后所作，刘禹锡《三乡驿楼伏睹玄宗女儿山诗，小臣斐然有感》写道："三乡陌上望仙山，归作霓裳羽衣曲。"也有说是玄宗游月宫得仙乐而作，《逸史》《玄怪录》《广德深异录》《龙城录》《续玄怪录》《神仙感遇传》等，均持这种说法，说唐玄宗由道士罗公远指引上了月宫，在月宫见仙女数百素练宽衣，舞于广庭，而玄宗通晓音律，记住其声调，回来之后作了《霓裳羽衣曲》。还有一种说法是，唐玄宗在杨敬述所进献的曲子基础上，润色修改，赋予这《婆罗门》曲以"霓裳羽衣"这样旖旎动人的曲名。唐明皇命令乐工排练《霓裳羽衣曲》，又令爱妃杨玉环设计舞蹈，终于用乐舞将这样一首大曲完美地再现。音乐响起，杨玉环带着舞姬翩翩而来，恍若九天玄女下凡尘，美不胜收。不愧是音乐史上的一颗璀璨明珠。

与这首乐曲有关的，还有另外一对有情人。那就是南唐后主李煜和他的大周后。《霓裳羽衣曲》是唐明皇得意之作，宫廷经常演奏，但盛世巅峰转瞬即逝，当唐明皇还沉浸在歌舞升平中的时候，安禄山的铁蹄踏碎了他的清梦。安史之乱以后，宫廷不再演出，各藩镇因为《霓裳羽衣曲》乐调优美、构思精妙，时常排演。中唐以后，随着唐王朝逐渐衰落崩溃，一代名曲《霓裳》竟然"寂不传矣"。到五代时，这首曲子迎来了新的命运。南唐后主李煜，是五代乱世中的奇才，精书法、工绘画、通音律，诗词文均有一定的造诣，被称为"千古词帝"。而他的国后大周后，精通音律，能歌善舞，尤工琵琶。二人感情甚笃。后主偶然得到《霓裳羽衣曲》的残谱，大周后与乐师曹生按谱寻声，补缀成曲，并曾一度整理排演。李煜《木兰花》：

晓妆初了明肌雪，春殿嫔娥鱼贯列。凤箫吹断水云间，重按霓裳歌遍彻。

临春谁更飘香屑？醉拍阑干情味切。归时
休放烛光红，待踏马蹄清夜月。

这首词就是写这种宫廷歌舞宴会的盛况。可惜，
金陵城破，李煜下令将曲谱付之一炬。一直到南宋
年间，姜夔发现商调《霓裳曲》的乐谱十八段，并
将之保存在《白石道人歌》中。

白居易《霓裳羽衣歌》，七言四十四韵。诗中先
说明自己曾参与内宴，最爱《霓裳羽衣曲》。接着叙
述表演歌舞的时间、地点和服饰，诗人在寒食日内
宴亲眼见到乐舞，舞女都是绝色佳人，穿着特制的
舞衣，"钿璎累累佩珊珊"是这些姑娘似乎娇弱得连
绮罗衣裳都嫌重，更加显得婀娜娉婷。紧接着描写
表演霓裳羽衣舞的盛况，散序时只有曲子，并不起
舞，到了中序，才如流风回雪，翩若惊鸿那般舞起
来，入破时，舞姿变得急促，到最后，向鸾凤收翅，
曲终一声长引，犹如空中鹤唳，惊心动目。再接着
叙述自己八九年来做地方官的生活。长庆三年，出
任杭州刺史的白居易，物色了四位精乐器的姑娘，
教她们演奏《霓裳羽衣曲》，可惜不久他就回京了。
接下来写宝历二年来任苏州刺史，空闲中想到《霓
裳羽衣曲》，却听不到。再接下来，写他看到元稹寄
来的曲谱，回想起那千姿万态的歌声舞容，仿佛就
在眼前。最后，又说这羽衣舞要由绝色佳人来表演，
就由此生发议论，认为从来一切技能之事，都有创
造之主。

这首歌行，有描写，有议论，有对句，有散句，

是一首用流利圆润的辞藻作的叙事诗。诗中生动具体地描绘出《霓裳羽衣曲》的音乐、舞蹈，千百年后的我们读来，也有一种身临其境之感。白居易极喜爱音乐，也擅长描述音乐，如这里的"飘然转旋回雪轻，嫣然纵送游龙惊""翔鸾舞了却收翅，唳鹤曲终长引声"都很精警，传神地表达出乐舞表演时的情态。

王建的"弟子"一联，写的是教坊舞姬在排练《霓裳羽衣舞》的情况：排练结束，一名貌美的舞姬被留下来继续练，只因为结尾的"散声"部分跳得不合节拍。足见唐明皇对这首曲子的重视。

二十七

龙图学士赵师民①，以醇儒硕学名重当时②。为人沉厚端默③，群居终日，似不能言，而于文章之外，诗思尤精，如"麦天晨气润，槐夏午阴清"，前世名流皆所未到也，又如"晓莺林外千声啭，芳草阶前一尺长"，殆不类其为人矣。

注释

① 赵师民：字周翰，青州临淄（今山东临淄）人，进士及第，约仁宗天圣末前后在世。九岁能属文，天圣末，进士及第。历官天章阁侍制、龙图阁直学士、耀州知府、刑部郎中。有文集三十卷。

② 醇儒：儒学精粹纯正。硕学：博学。

③ 沉厚端默：沉厚，朴实稳重。端默，庄重沉静。

译文

龙图阁学士赵师民，因为儒学精粹，博学广识，而被当时的人所推重。为人朴实稳重，庄重沉静。和人群居，似乎不太会说话，但在文章之外，诗歌的思虑尤其精巧。如"麦天晨气润，槐夏午阴清"，前世名流，都没有达到这个程度。又如"晓莺林外千声啭，芳草阶前一尺长"，简直不像他的为人了。

品读

赵师民，字周翰，约生活在北宋真宗、仁宗年间。少年聪慧，九岁就能连缀成文，天圣末，进士及第。史书称他"淳静刚敏，举止凝重""志尚清远，专以读书为事"。青年时期的赵师民即学问精博，连孙奭都自叹不如。《宋史》载，赵师民大约五十岁时，来到京师汴梁，成为国子监直讲。在经术上，赵师民颇有见解，"甚见器异"。

比如赵师民曾经为宋仁宗讲《诗》"如彼泉流"，解释道："水初次流出，好像政令开始实行。水顺流则通畅，通畅则清洁；逆流则堵塞，堵塞则浑浊。任用贤人，政令通达而世道清平；任用奸人，政令不通而世风败坏。周幽王失去道义，重用小人，贬退君子。此时，正不胜邪，虽然有君子，也不能很好地治理国家，并且可能受小人的影响，久而久之，相继堕落为坏人。"宋仁宗问道："政令怎么能比喻成水呢？"赵师民回答："水顺流而下，滋润万物，有利于万物生长，因此用以比喻政令。"还有一次，仁宗读《汉记》，问到长安城的情况，众人都不能回答，共同推举赵师民。赵师民就陈述了历朝都城的年代、旧址所在地的情况，讲解详细，仿佛为仁宗画了很多幅地图，仁宗甚是高兴。有一年盛夏，赵师民患病在家，仁宗用"飞白"笔法在团扇上写了"和平"二字，赐予他，以示慰问，足见赵师民的博学多识，深得仁宗赏识。

　　欧阳修说赵师民"诗思尤精"，如今能看到的赵师民作品，《全宋诗》仅一首。"麦天晨气润，槐夏午阴清。"割麦的天气，清晨空气还比较舒润，到了中午，暑气正盛，槐树阴影下，却还算凉快。一个"润"字，一个"清"字，很好地修饰了夏天早晨和中午的气象，也写出了人处于这两个时间点的真实的感受，细腻又传神。"晓莺林外千声啭，芳草阶前一尺长。"林外的早晨，早莺声声，婉转动人，那阶梯前的野花野草，已经生机盎然。"千声啭""一尺长"，用夸张的手法，写活了春日早晨，这荒僻之处的活力，写得清新灵动。尤其是"千声""一尺"这样带有情绪化的夸张，与他"沉厚端默"的性格确实存在着一定的差异，难怪欧阳修直呼"殆不类其为人矣"。

二十八

退之笔力①，无施不可，而尝以诗为文章末事，故其诗曰："多情怀酒伴，余事作诗人"也。然其资谈笑，助谐谑，叙人情，状物态，一寓于诗，而曲尽其妙。此在雄文大手，固不足论，而余独爱其工于用韵也。盖其得韵宽②，则波澜横溢，泛入傍韵③，乍还乍离，出入回合，殆不可拘以常格，如《此日足可惜》之类是也④。得韵窄则不复傍出，而因难见巧，愈险愈奇，如《病中赠张十八》之类是也。余尝与圣俞论此，以谓譬如善驭良马者，通衢广陌⑤，纵横驰逐，惟意所之。至于水曲蚁封⑥，疾徐中节，而不少蹉跌⑦，乃天下之至工也。圣俞戏曰："前史言退之为人木强，若宽韵可自足而辄傍出，窄韵难独用而反不出，岂非其拗强而然与？"坐客皆为之笑也。

注释

① 退之：即韩愈，字退之。

② 韵宽：用韵要求宽泛。

③ 傍韵：相近的韵。

④《此日足可惜》：即《此日足可惜赠张籍》。

⑤ 通衢广陌：衢，繁华的街道。陌，田间东西走向的道路，泛指道路。

⑥ 水曲蚁封：水曲，水流曲折处。蚁封，蚁穴上隆起的土堆。

⑦ 蹉跌（cuō diē）：失足摔倒，比喻差错或失误。

译文

韩愈的笔力，没有什么是不能的，曾经认为诗歌是文章之末的事情，所以他的诗说："多情怀酒伴，余事作诗人。"但他资供谈笑，辅助谐谑，叙写人情，摹状物态的功夫，一旦用于诗歌，就能曲尽其妙。这些在雄文大手，固然是不足为论的，我独喜欢他写诗非常会用韵。如果用韵要求宽泛，就写得波澜壮阔，泛入相近的韵，乍还乍离，出入回合，几乎不能用常规的诗格去拘束，如《此日足可惜》这一类的就是。用韵限制多，就不会泛入相近的韵，由于难而更显出技艺的巧妙，越险越奇妙，如《病中赠张十八》这一类的就是。我曾经与梅尧臣讨论过这些，认为好比善于驾驭良马的人，在繁华的街边，宽广的道路上，能够纵横驰骋，任由自己想去哪里；而遇到水流曲折，蚁穴隆起，就快慢适度，而没有多少失误，这就是天下最厉害的。梅尧臣开玩笑说："以前的史书说韩愈为人刚直不挠，如果宽韵足够自己用，就取相近的韵，而窄韵很难单独使用，却反而不出，难道不是他执拗的性格所造成的吗？"在座的宾客都笑了。

品读

韩愈是唐代古文运动的倡导者，主张继承先秦两汉散文传统，反对专讲声律对仗而忽视内容的骈体文。他的文章气势雄伟，说理透彻，逻辑性强，被后人尊为"唐宋八大家"之首，与柳宗元并称"韩柳"，有"文章巨公""百代文宗"之名。杜牧将韩文与杜诗并列，称为"杜诗韩笔"，苏轼称他"文起八代之衰"。韩柳倡导的古文运动，开辟了唐代以来古文的发展道路，韩愈提出的"文道合一""气盛宜言""务去陈言""文从字顺"等散文写作理论，在当时掀起了文体文风改革高潮，对后世散文创作也产生了很深的影响。

韩愈是中唐时期古文大手，其实他诗文兼擅，但在很长一段时间里，他的诗名被文名所掩盖了。他和孟郊一起，领导了韩孟诗派，是中唐时期进行诗歌新变的第一个诗人群体。他们主张"不平则鸣"，强调内心不平情感的抒发，提倡审美上的情感宣泄，尤其是"感激怨怼"情绪的宣泄。他们的另一个主张是"笔补造化"，既要有创造性的诗思，又要对物象进行主观裁夺，要大胆创新，追求一种雄奇怪异之美。在写作手法上，韩愈也进行了大胆的尝试和探索，他用写赋的手法作诗，铺张罗列，浓彩涂抹，穷形尽相，力尽而后止。由于提倡"不平则鸣"，他的诗歌中，多揭露现实矛盾、表现个人失意。如《归彭城》《县斋有怀》等，比较平实顺畅，也有一些清新自然的诗，如《早春呈水部张十八员外》："天街小雨润如酥，草色遥看近却无。最是一年春好处，绝胜烟柳满皇都。"近盛唐风韵。不过那些以雄大气势见长、以怪奇意象著称的诗，才是能代表韩愈独创性的作品。如《石鼓歌》：

> 张生手持石鼓文，劝我试作石鼓歌。少陵
> 无人谪仙死，才薄将奈石鼓何。周纲凌迟四海
> 沸，宣王愤起挥天戈。大开明堂受朝贺，诸侯
> 剑佩鸣相磨。搜于岐阳骋雄俊，万里禽兽皆遮
> 罗。镌功勒成告万世，凿石作鼓隳嵯峨……

这首诗苍劲雄浑，硬语盘空，将石鼓形成的一段远古历史鲜活地展现出来。"挥天戈""鸣相磨"等动作先行词语，更使得诗作气酣力猛，有不可一世之概。贞元中后期开始，巨大的政治压力极大地加剧了韩愈的心理冲突，又耳濡目染荒僻险怪的南国景观，导致韩愈的诗风一路向怨愤郁躁、情激调变的怪奇发展。这一时期的《宿龙宫滩》《龙移》《岳阳楼别窦司直》等诗，用得最多的是"激电""惊雷""怒涛""鬼物""猩鼯"等激荡、凶怪的词语，构成惊心动魄的意象。而"昼蝇食案繁，宵蚋肌血渥"（《纳凉联句》）"灵麻撮狗虱，村稚啼禽狌"（《城南联句》）这些，直接写世俗、丑陋的事情，令人不忍卒读。正是他这种以丑为美、以怪为美的独特审美追求，才导致他的诗长期以来被人所忽视。

欧阳修这里盛赞韩愈工于用韵，不拘常格，还能达到意想不到的效果。这其实正与他"以文为诗"的表现，也与他追求自由直言的散文风格是一致的。《此日足可惜》一诗，用韵宽，洪迈《容斋随笔》说这首诗杂用了东、冬、江、阳、庚、青六韵。在这

六韵中，能够切换自如，还不损坏诗歌本身的格调，因此欧阳修称"泛入傍韵，乍还乍离，出入回合"，不拘常格，却又收放自如。《病中赠张十八》用三江韵，是窄韵，长篇却不转韵，愈险愈奇。

韩愈"以文为诗"，将散文笔调融入诗歌，并以充沛的才气，劲健的笔力作诗，形成一种独特的艺术风貌，因此叶燮《原诗》称韩诗为"唐诗之一大变"。为了达到这种效果，韩愈在用韵上也是颇用功夫。他的七言古诗，擅长用"三平调"。"三平调"，即对于平韵到底的七古，句末三字要求均为平声，此为杜甫首创，韩愈更有意为之。如《刘生》《陆浑山火》《八月十五夜赠张功曹》《贞女峡》等诗，皆用三平调，使得七古显得单而散，有散文的调子。另外，韩诗中有的长篇诗越长越不转韵，韵脚越押越险，如《赠崔立之评事》《病中赠张十八》等，使人有喘不过气之感。有的短篇则多次转韵，且避免四句一转，故意转得参差错落，如《三星行》《汴泗交流赠张仆射》等诗。这些都是韩诗在用韵上避免和谐圆润，故意造成散文的调子，破坏诗的均衡的表现。欧阳修做了一个形象的比喻，韩愈在用韵上不拘格套，却又收放自如，正好比那善于驭马的人，在通衢广陌上，纵横驰骋，尤其是到了"水曲蚁封"的地方，就变得疾徐有度，不出差错，这才是天下最厉害的，生动地描绘了韩愈在用韵方面的功力。梅尧臣则将性格与之联系起来，开玩笑称，《史书》说韩愈为人木讷刚直，像这样，宽韵就可以了却非要傍韵，长诗难以用窄韵却偏偏不转韵，这恐怕是性格使然吧？

二十九

自科场用赋取人，进士不复留意于诗，故绝无可称者。惟天圣二年省试《采侯诗》①，宋尚书祁最擅场②，其句有"色映珊云烂，声迎羽月迟"，尤为京师传诵，当时举子目公为"宋采侯"。

注释

① 采侯：指彩绘的箭靶。《周礼·考工记·梓人》："张五采之侯，则远国属。"郑玄注："五采之侯，谓以五采画正之侯也。"

② 宋尚书祁：宋祁（998—1061），字子京，安陆（今湖北安陆）人，后徙居雍丘（今河南杞县），宋代史学家、文学家。天圣初与兄宋庠（xiáng）同举进士，当时称为"二宋"。累迁同知礼仪院、尚书工部员外郎，知制诰。又改龙图阁学士、史馆修撰。修《新唐书》，为列传一百五十卷。拜翰林学士承旨。卒谥"景文"。擅场：压倒全场，高过众人。

译文

自从科举考试用赋作为取士标准，进士不再在诗歌上用力，所以没有什么可以称道的人了。只有天圣二年省试，考《采侯诗》，宋祁压倒全场，其中有一句"色映珊云烂，声迎羽月迟"，尤其被京师人所传诵，当时的举子把宋祁称为"宋采侯"。

品读

宋代科考，试诗赋各一篇，此外，还有论、策、帖、对等。神宗熙宁年间，罢试诗赋，到哲宗元祐四年（1089），诗赋进士专列一科。

科考中，以赋取士，确立于唐朝。《唐会要》载："天宝十三载十月一日，御勤政楼，试四科举人。其词藻宏丽，问策外，更试诗赋各一道。"其注云："制举试诗赋从此始。"这里的赋指的是律赋。以律赋这种韵文作为考试文体，就有考官、士子共同遵守的审音定韵的统一标准，即所谓"官韵"。唐代诗赋的"官韵"，依据的是陆法言与刘臻、颜之推诸公定南北音而撰成的《切韵》。洪迈《容斋随笔》云："唐以赋取士，而韵数多寡，平侧次叙，元无定格。"指明唐科考律赋一开始在用韵方面是没有固定格式的。开始限韵以后，用《切韵》作为标准韵书，规定为八字韵。《唐才子传》载，温庭筠才情绮丽，尤其善写律赋，"每试，押官韵"，不曾用笔起草，只是笼着袖子靠在几案上，"每韵一吟而已"，因此考场中的人都称他为"温八吟"，又说他八叉手就能作出八韵，所以又叫他"温八叉"。到了宋代，以赋取士的比重加大了，刘克庄指出，唐代以诗赋取士，更倾向于诗，而到了宋代，"然去取予夺一决于赋，故本朝赋工而诗拙"。宋代科举试律赋自此为常例，出现了不少教人作场屋程式之文的"赋格"类著作，如宋祁《赋诀》、马偁《赋门鱼钥》等。有宋一代的试赋制度，虽然中间经历了停废，但不久又恢复旧制，所以在宋代，律赋一直是贡举考试的要务。科举考试偏赋而轻诗，这使得很多读书人忙于研究赋格，而忽视了传统诗歌的写作。

宋祁天资卓荦，个性风流蕴藉，是宋初文坛一位才华出众的文人学士，因有"红杏枝头春意闹"的句子，而被世人称为"红杏尚书"。《花庵词选》记载了宋祁因词结姻缘的一段佳话。有一天，宋祁宴罢回府，路过繁台街，正巧迎面遇上皇家的车队，宋祁连忙让到一边。这时只听车内有人轻轻叫了一声："小宋。"待宋祁抬头看时，只见车帘轻放，一个妙龄宫女对他粲然一笑。车队过去了，而美人一笑却令宋祁心旌摇荡，久久不能平静。回去后，宋祁便写了一首《鹧鸪天》：

> 画毂雕鞍狭路逢，一声肠断绣帘中。身无彩凤双飞翼，心有灵犀一点通。金作屋，玉为笼。车如流水马如龙。刘郎已恨蓬山远，更隔蓬山几万重。

新词一出，立刻传唱开去，后来传到了宋仁宗的耳朵里。皇帝便追问当时的人说："是第几车上的谁叫的小宋？"最后有个宫女站了出来，羞涩地说："当时我们去侍宴，见宣翰林学士，左右内臣说：这就是小宋。我在车子里，也是偶然看到他，就叫了一声。"皇帝一听哈哈大笑，不久就召宋祁上殿，说起这件事，宋祁诚惶诚恐，羞愧难当。仁宗笑着打趣说："蓬山并不远呀。"说完，就把那个宫女赏赐给了他。宋祁不仅官运顺畅，而且因佳曲而得一段姻缘，令时人艳羡不已。

宋祁诗现存一千五百余首，题材内容丰富多彩，应制诗和送别诗占很大部分。虽受西昆体的影响，但也对这种诗风进行了多方面的改革。有别于欧阳修等用诗文革新来扭转诗风，宋祁的诗歌更加强调对个人情感的关照。宋人周必大说宋祁诗"述怀感事之作径逼子厚"，贺裳《载酒园诗话》则称宋祁"尤善写牢骚之况"，为宋诗回归内心做出了贡献。他的诗以情为主，也时常包含理趣，不少绝句也写得清新优美。欧阳修这里所说的"色映珊云烂，声迎羽月迟"两句，出自他应省试的时候所作的《采侯诗》。"采侯"，指的是彩绘的箭靶。"珊"，是射击瞄准用的土墙，箭垛子。"羽"在这里指的是箭。"珊云"，将浮云比喻成瞄准的箭靶，"羽月"，将月亮比喻成箭羽。这两句是写五彩的箭靶颜色绚烂，而箭迅疾飞出，射中后过了一会儿才听到声音，足见其快。通过对色彩和声音的描绘，使诗读来生动形象，而以云、月为喻，又凸显气势。因而广为传诵，宋祁也被人称为"宋采侯"。